林煥彰話童年

來來來，來上學

文◎林煥彰　　繪圖◎林鴻堯

自序

生命中的點滴

林煥彰

靜下來，仔細想一想，人生是滿有意思的；生命歷程中會有些什麼轉變，事先都沒法想到，真不懂自己是怎麼走來的……

每個人的生命歷程，都值得寫成一本書；因為成長的歷程不同，就值得寫下來供別人閱讀和分享。「看看別人，想想自

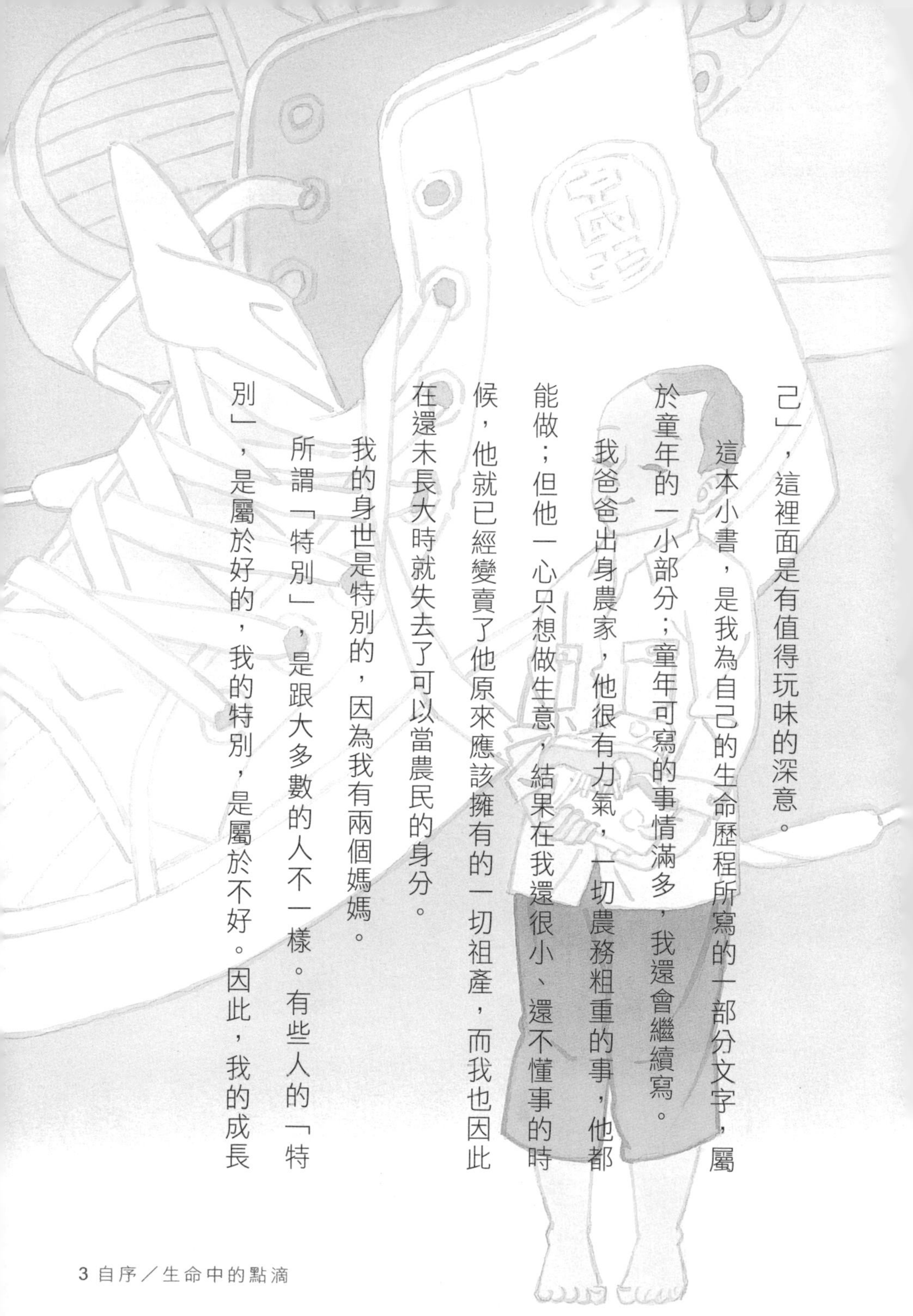

己」，這裡面是有值得玩味的深意。

這本小書，是我為自己的生命歷程所寫的一部分文字，屬於童年的一小部分；童年可寫的事情滿多，我還會繼續寫。

我爸爸出身農家，他很有力氣，一切農務粗重的事，他都能做；但他一心只想做生意，結果在我還很小、還不懂事的時候，他就已經變賣了他原來應該擁有的一切祖產，而我也因此在還未長大時就失去了可以當農民的身分。

我的身世是特別的，因為我有兩個媽媽。

所謂「特別」，是跟大多數的人不一樣。有些人的「特別」，是屬於好的，我的特別，是屬於不好。因此，我的成長

就隱藏了不少辛酸，影響我的人生發展。

一個失去農民身分的繼承者，從小就一貧如洗；我既不能做粗活，又不懂得按部就班讀書，讀完小學，就沒機會再讀中學、大學……，而從少年開始就離鄉背景，外出做工，當了半輩子的工人，後來學搖筆桿，學寫詩、畫畫，推動兒童文學，當編輯，做文字工作，也推廣閱讀，又過了半輩子！

四年前，我從職場退下來之後，國內外到處演講、上課、評審、開會，我自己說的，這就是我「周遊列國」漂泊式的生活！

人生會有些什麼轉變，事先都沒法想到，真不懂自己是怎

麼走來！可仔細回想，卻覺得值得把它寫下來，對自己和辛苦生養我的兩個已經過世的媽媽，有個較好的交代。

寫自己童年的事，照說很容易；最怕的是，有些事早已忘記！所以要趕快寫。我這段時間相當忙碌，但值得慶幸的是，一開始寫作，就寫得很順；不到半個月就完成了！而且是我直接利用電腦寫成的，在個人的生命史上來說，也是一項新的紀錄。俗話說：「活到老，學到老。」我在身體力行、實踐古人所說的這句老話。

二〇一一年于研究苑

目錄

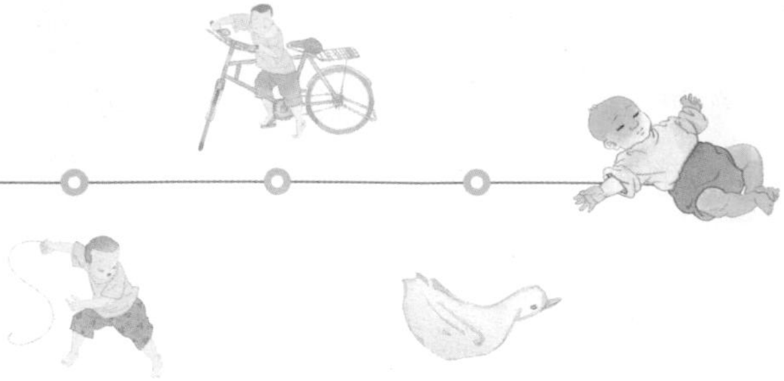

第一張照片

二十歲時，第一次去看媽媽，媽媽送我的第一份禮——兩張襁褓時期的舊照。第一張照片是三、四個月大時拍的，我安靜的躺在方格條紋布床單上，雙手攤開，兩隻腳交疊微翹，一臉祥和文靜的模樣；另一張是媽媽抱著我和兩個姊姊合影。

對自己小時候的照片，你會珍惜吧！尤其現在這個世代已經是爺爺級的人，我相信都會更加珍惜；甚至有很多人在他小的時候都不一定有機會留下童年的珍貴照片，自己小的時候長成一副什麼樣的傻相或是可愛的樣子，也都無從想像！我有嬰兒時期的照片，以我這世代的人來說，是滿稀罕、很幸運的！

不過，我小時候的照片，如果不是我媽媽親手送給我，我很難想像自己小的時候怎會有那樣

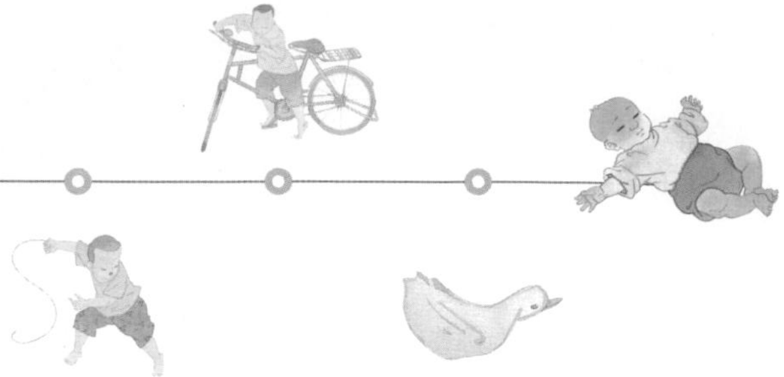

清秀幸福的模樣！

十五歲以前，在我的記憶中，幾乎是沒有機會拍過什麼照片；要我拿出童年的照片，翻箱倒櫃也難找得出什麼來的！現在我能拿出來的，絕無僅有的，就只有三張；而這三張當中，有一張是我小學畢業前拍的光頭照，像小和尚一樣，那是要貼在小學畢業證書上用的，上身穿著學校的制服，卡其布做成的襯衫；下身穿什麼？現在已完全不記得，因為當時只拍半身照，看不到下半

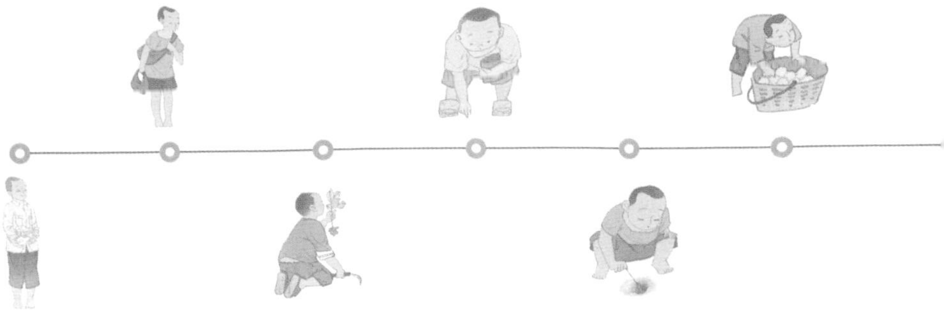

身穿的是什麼樣的褲子！

那時家裡很窮！據說，我爸爸已變賣掉所有的家產，包括我祖父留給他的田地，和他自己曾經發跡蓋起的三間連棟紅磚造的紅瓦屋！我上小學時，記得六年當中，不僅沒有鞋子穿，制服也不知長成什麼模樣！平時當然就沒有制服可穿。那天拍照穿的到底是自己的衣服，還是借來的？一概不知！說不定穿的褲子也不一定是制服，很有可能還是土布自家手染的那種短褲頭；鄉下孩

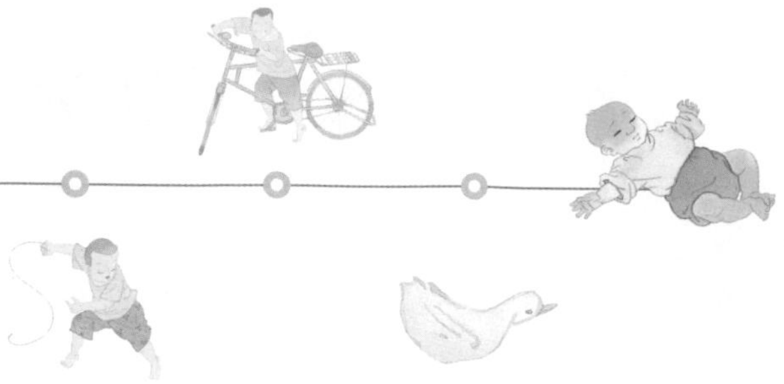

子上學，大多數本來就是那種土土的打扮！

自己的家世、自己的苦，自己生活過來，當然自己清楚；不是我故意要說自己苦、自己窮，想博得人家的同情。

那我童年珍貴的照片呢？現在在我資料袋裡的，偶爾會翻出來看的，那是我二十歲時第一次去看媽媽，媽媽送給我的第一份禮物——兩張襁褓時期的舊照；是媽媽悉心保存了二十年，據說她離家出走後十七年中，天天都拿在手上看的

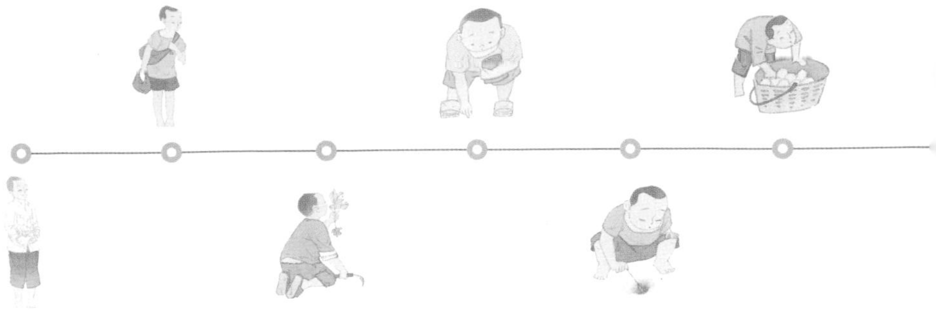

照片！不知道那五千多個日夜裡，母親私下看它時，是不是都牽腸掛肚？但從照片的泛黃、脆裂來判斷，那上面一定是浸泡過不少母親哭紅了雙眼的熱淚！

這兩張舊照，一張是我這一生最早的「第一張照片」；我想和我同年代出生的台灣人，尤其在鄉下農村生長的，能擁有這樣的照片的，一定沒有幾個；我應該是很幸運很特別的一個！這張照片，大約是我三、四個月大時拍的；我安靜的

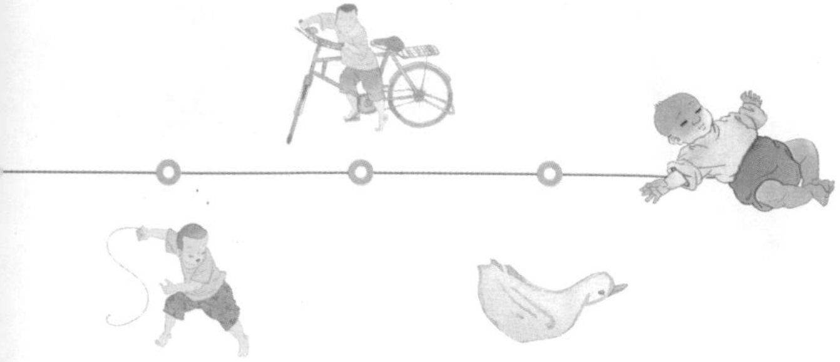

躺在方格條紋布的床單上，雙手攤開，兩隻腳交疊微翹起來，一臉祥和文靜的模樣，看來似乎是有滿滿的幸福感。拍照的場所，不知是在家裡，還是在照相館？以七十年前台灣社會經濟條件來說，後者較有可能；如果要請攝影師專程到家裡拍照，還得多付一筆「走路工」給攝影師或老闆，鄉下人大概是做不到的。

另一張，媽媽抱著我和兩個姊姊合影；那時，我大概還不滿周歲。據說，大姊姊阿英，小

的時候就生病過世了，我沒有留下任何印象！二姊美珠，大我兩歲，她小的時候就被送到九份當人家的養女；幸好我們姊弟從小到現在，都還常有互動。我二姊，我一直覺得她很美，現在也還是很漂亮；媽媽能生出我這樣的姊姊，我想媽媽年輕時，也一定很漂亮！

我小的時候，媽媽為什麼要出走？她為什麼要拋棄我？我二十歲第一次去見媽媽時，我沒有勇氣提問這些「為什麼」，之後，有關自己的身

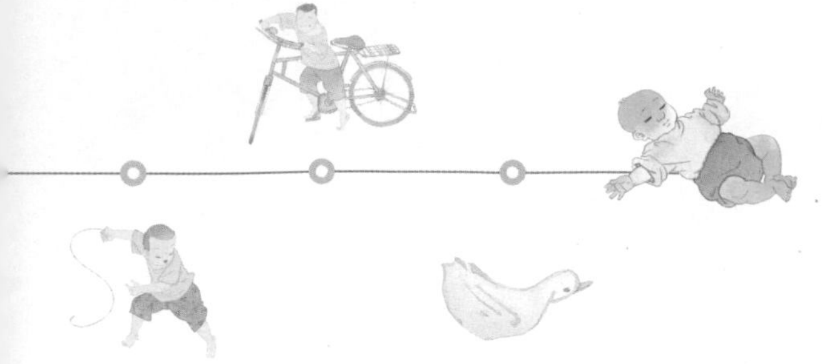

世，我也從未認真向媽媽詢問過；到底我們家為什麼會是這樣一個破碎的家？我只覺得自己的身世，一定是有夠複雜吧！

從小，我就認命，接受事實，沒有任何怨恨，養成逆來順受的性格。

我三、四個月大時，能有這樣一張照片留下來，我打心裡感謝媽媽；如果沒有她為我留下這張個人珍貴的歷史照，我大概無法想像自己曾經擁有過什麼樣的家境？又或與同世代的人有何

不同的成長背景？而我的媽媽，年輕時是不是早有預感，知道我們家日後會有很大的變故？那段她看不到我的漫長的十七年中，她又如何的必須每天看著同一張照片、從它得到一點點小小的慰藉？也因為有了這張舊照，我今天才有機會寫下這篇文字；為這件事情，我覺得慶幸和感恩。

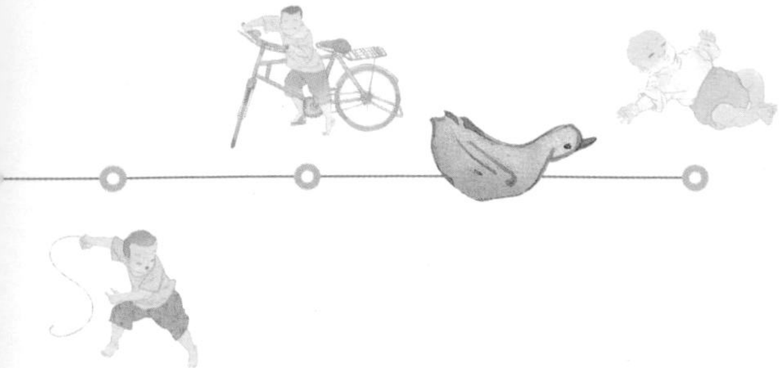

最初的記憶

記得，是在寒冷的冬天，自己一個人在鴨寮中，穿著長及腳踝的和服式的娃娃裝，手拿著一根竹棍子趕鴨……至今回想起來，仍歷歷在目。

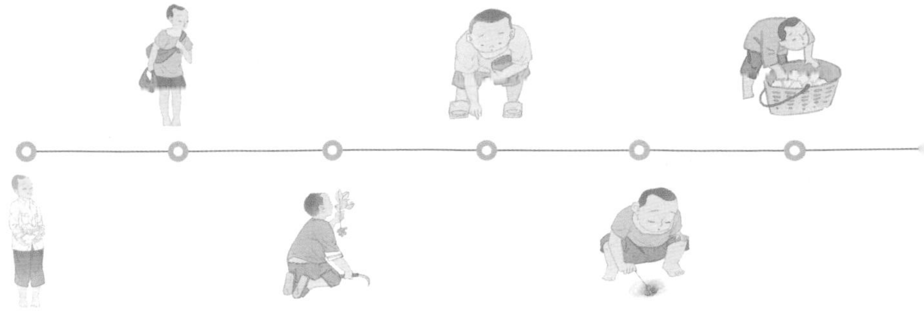

人的記憶，不知醫學上能有什麼樣的標準可以提供參考？

我最初的記憶，似乎只能追憶到大約三歲時發生的事情；但這也只是屬於個人長大後模糊的概念記憶；可是，這樣的記憶，我自己覺得已經是十分難得的了。因為，我相信，每個人都有不同的天賦，與生俱來；有的人長於理解、感悟，有的人長於記憶、分析……

我從小記性就不好，又學什麼都不求甚解，

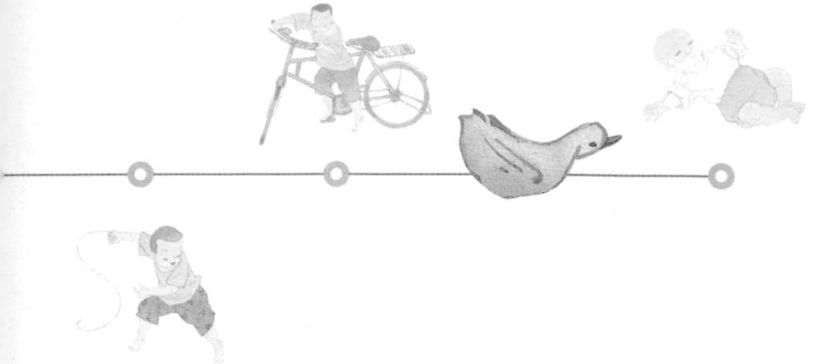

也不知可以下苦工，彌補先天的不足！所以，到了小學畢業之後，還是懵懵懂懂；如果不是十五、六歲時，外出做的第一份正式工作——宿舍清潔工，心裡重大受挫，傷及自尊，才開始奮發圖強，這輩子恐怕就只有待在工廠裡，當一個沒有出息的工人，也就和寫作無緣了！

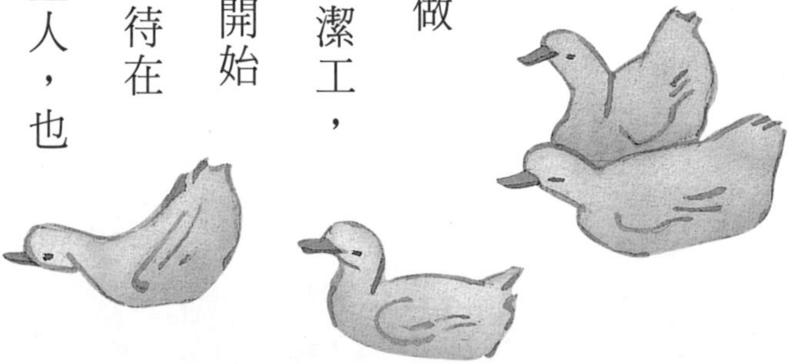

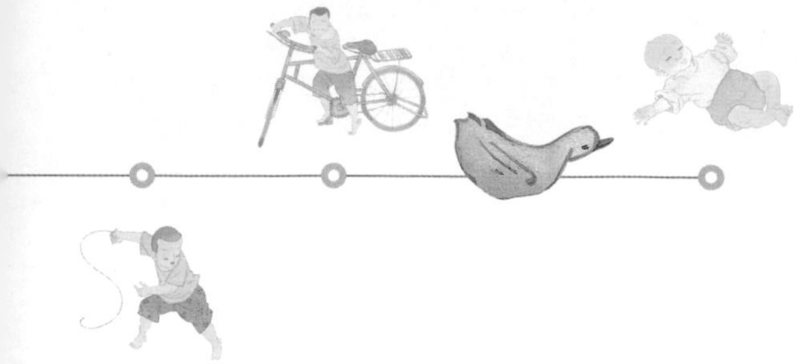

記得我最初的記憶，是在寒冷的冬天，自己一個人在鴨寮中，穿著長及腳踝的和服式的娃娃裝，手拿著一根竹棍子趕鴨；當時有沒有哪些大人或小孩在場，我全無印象！我的記憶就是這麼差！可是，這件事至今回想起來，卻覺得歷歷在目。說來很是奇怪，我怎麼會只選取這樣單純、片段的記憶？

我出生在一九三九年八月，三歲的時候，台灣還是為日本所統治；當時，日本正發動大東

亞侵略戰爭，所有物資都被搜刮、集中，以支援日本侵略東南亞前線，為戰備之用。台灣不僅物資奇缺，米、油、鹽等民生重要物品，都列入管制，採取配給，禁止民間私自買賣。我爸爸做生意，為了賺錢，鋌而走險，販賣食油，也私下販賣大米，不幸被日本警察逮捕入獄！我當時不知道爸爸被關的事，當然更不知道被關在哪裡？給關多久？這是我長大上小學之後，才一點一滴從家人或別人口中得知的一些過去式的往事；但我

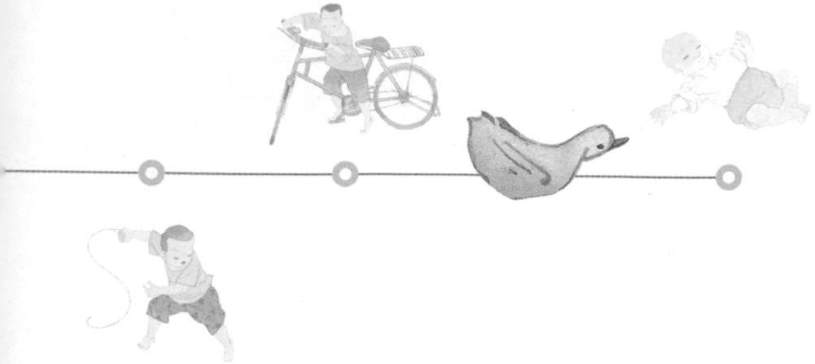

現在想起來，父母所做所為所發生的事，不論好壞，一定會影響到家庭的發展，甚至影響了下一代的成長和命運！

在記憶深處，我會有冷颼颼的冬天、在鴨寮看鴨的一幕記憶，也正與我父親被關在牢裡有關。後來，據我媽媽說，我爸爸做生意是有合夥人的，他們販賣民生物品被舉發之後，就必須要有人出來承擔，否則所有合夥人就有可能全部被關起來，那損害就更加嚴重！就這件事情來說，

我爸爸承擔了被關的責任，其他合夥人也得有所承擔。我媽媽帶著我住在我爸朋友的養鴨場，名義上是合夥人實踐安置照顧我們母子的諾言，其實我媽媽也得有替人家做一點事的義務啊！

從原來住有紅瓦屋，吃穿不成問題，到我爸爸被關，什麼都沒有了！這樣的境況，我媽媽當然感慨深沉；因為寄人籬下的辛酸，一定是不好受的！我媽媽的出走，可能就在這個時候！

在我成長過程中，我們宗親家族兩、三百人

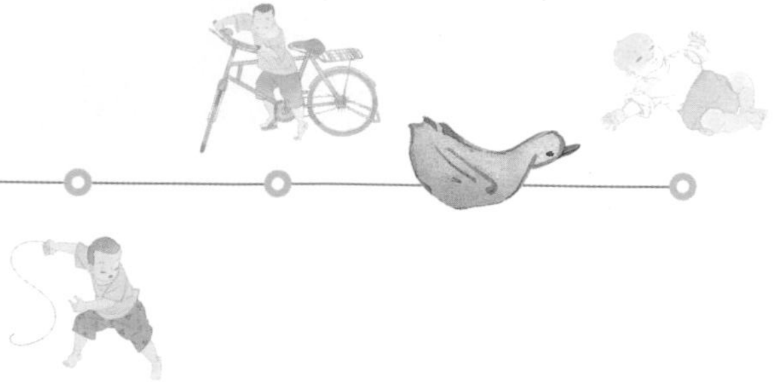

同住在一個村子裡——宜蘭礁溪鄉桂竹林（現在的六結村），所有的人都是親戚，很多人常常動不動就會告訴我，說我媽媽離家出走時，我才三歲。可是，在我的記憶裡，卻從來也沒有出現過這一幕！如果當時懂事，母親出走理應會讓我哭破腸子的。甚至，常常有長輩或堂哥、堂嫂戲弄我，說我母親躲在哪裡，要我去讓她看；我壓根兒總是不相信：我哪會有兩個母親？我很單純的認為，天底下，每一個人都只有一個媽媽。

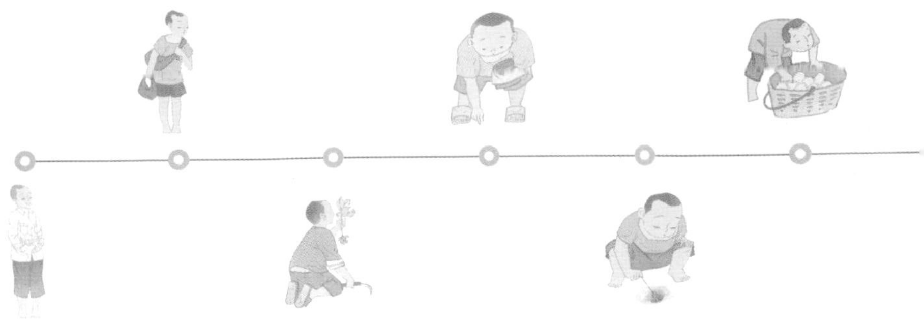

當然，被作弄久了，常常聽到同一個話題，而年齡又逐漸增長，我就不得不認真思考這件事情。結果，當然就會在自己心裡接受這件事實。

人人都應該要有一個媽媽；但有兩個媽媽，不但沒有加倍幸福，卻隱藏著一些不便告人的辛酸！生我的媽媽，是我爸爸的第二個太太；我的媽媽出走之後，養我的媽媽是我爸爸的大太太；因為她把我從小帶大，當自己親生的兒子一樣養育，讓我無憂無慮，得到我所應該擁有的母愛。

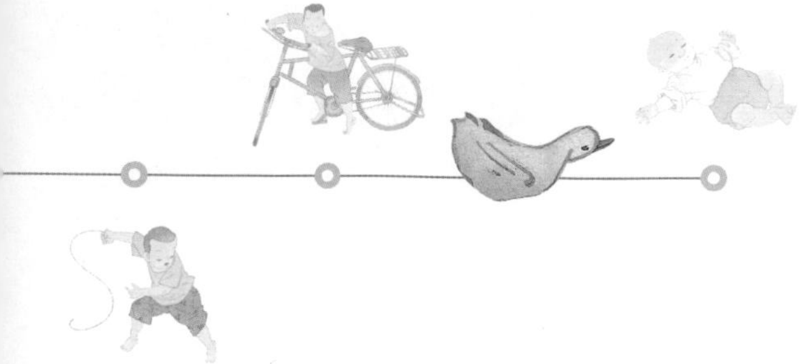

即使我長大成家，結婚生子，她也還是一樣守護著我，給我一個溫暖的家。我永遠都是她的兒子。

每一個家庭都有自己的一部家庭史，要怎麼寫它，每個人都有責任；寫好寫壞，自己要承擔、負責，不能怨怪他人，包括你要出生在哪樣的家庭，你不僅沒有選擇的權利，也無抱怨的理由！

我已經活過了七十，可是我從來都沒有怨恨

過。

感恩，還是我最想說的兩個字。

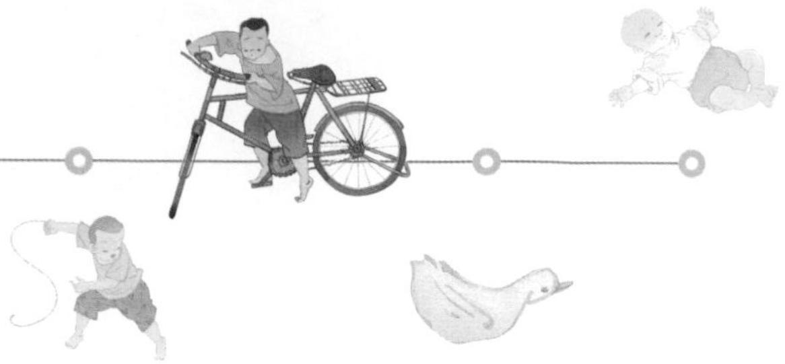

第一次學腳踏車

學腳踏車沒有摔過的人，據說是學不會的。記憶最深的一次：在晒穀場上練習，因晒穀場不大，得頻頻轉彎；有次速度稍快，來不及轉彎，連人帶車都衝進水溝裡！

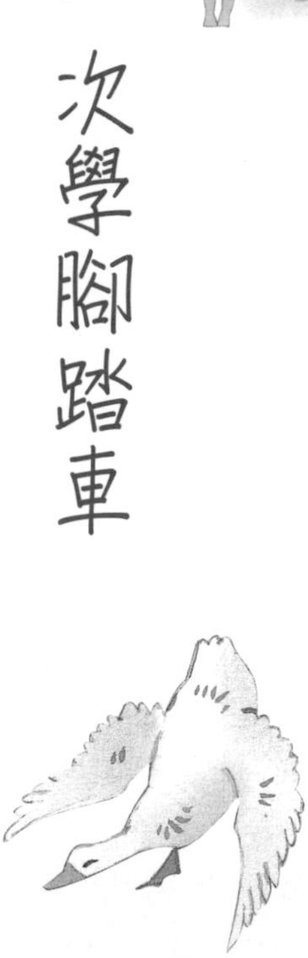

小時候，看到鄉下的男人，大多數都能

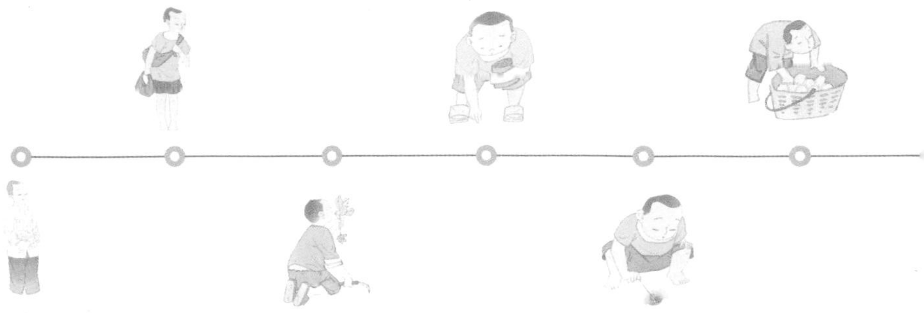

騎腳踏車；不會騎的人，就有很多不方便。因為，在鄉下，除了腳踏車，就沒有其他交通工具可以代步。那年代，鄉下普遍貧窮，不是家家戶戶都買得起腳踏車；但只要你學會了騎腳踏車，必要時就可以向人家借。

腳踏車，也叫自行車；但還有一個名字，叫孔明車，我喜歡這個名字。不知它這名字怎麼來的！我曾說過，我一向不求甚解，不懂的事，不敢主動請教人家！但我有時會自己

想，比如：它為什麼要叫腳踏車？因為需要用腳踩。這麼一想，就能理解了，滿有道理；但將它叫作自行車，它不能自己走，怎會叫自行車？我就不太懂！至於它叫孔明車，我小的時候聽過片片段段、有關「三國」的故事，其中一些人物的基本認識總還會記得；從孔明能預知未來，想他必然是聰明人物，借他的名字，是很容易想像的，我自然就順順當當的接受了。

其實，腳踏車的名字還不只這些，據我所

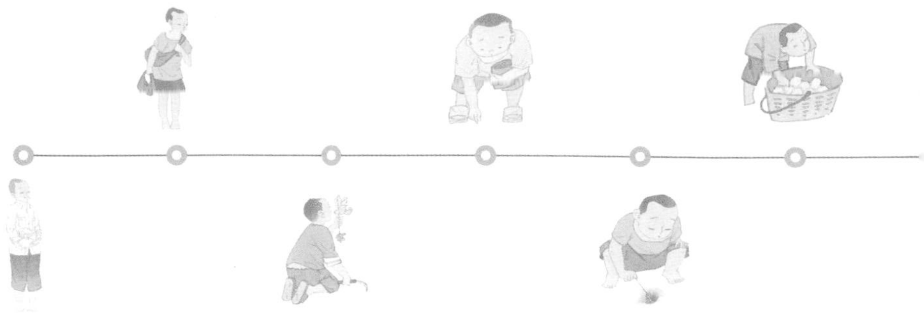

知，它還有兩個，一個叫單車，一個叫鐵馬；單車這名字怎麼來？我「莫知影」！（閩南語諧音「莫宰羊」，不知道的意思。）但鐵馬呢？我會聯想：馬跑得快，鐵做的腳踏車，如果你會騎，有腳力，騎著它一定比走路、跑步都快；叫它鐵馬不算離譜，人家一聽，就能了解它的好處。

我前面沒有交代清楚，應該要再作補充：腳踏車，除了是農村相當重要的代步工具，還可以載運貨物；它的載重量，百來斤的

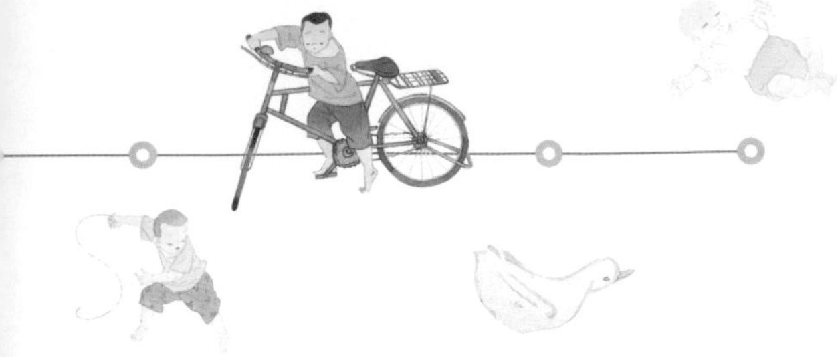

米一大包沒有問題。因此，除了大多數男人會騎，一些女性也會騎，隨時想要載點小東西，就不必仰賴男人；我生母住在離宜蘭市區、騎腳踏車約一小時車程的偏僻農村，據說她改嫁後，長達二、三十年，經常騎著腳踏車往返兩個多小時，把自家養的雞鴨鵝或雞蛋，以及自己種的蔬菜瓜果，送到市區賣，賺錢貼補家用。

我學騎腳踏車當時大概十歲左右；記得當時我的腳還不夠長到可以坐上坐墊，必須將右腳跨

過腳踏車的三腳架，踩著右邊的踏板，左腳就在地上不停的用力向前划動，把車和人向前推，待車身連人都感覺重心平穩了，再趕緊收起左腳，踩上左踏板，並快速用力和右腳配合，加速踩踏向前行，讓車身平順安穩；說起來好像不怎麼難，實際上並沒這麼簡單！一次又一次跌倒、失敗之後，才能摸清楚如何掌握它的脾氣和性能。

學腳踏車沒有摔過的人，據說是學不會的！我自然也摔過，而且不只一次。我從小膽

子小，怕摔痛，在學腳踏車的過程中，痛苦經驗不少。記憶最深的一次：在晒穀場上練習，因晒穀場不大，得頻頻轉彎；有次速度稍快，來不及轉彎，連人帶車都衝進水溝裡！我當時受到驚嚇，很害怕，趕緊爬上晒穀場，發現沒怎麼摔傷，就放心了。可還是一直記住這件糗事！

學騎腳踏車，如果有大人從旁幫忙，或在車後架扶著，就不容易傾倒；還有，幫你扶著的人，看你騎得很順的時候，他會偷偷放手，不知

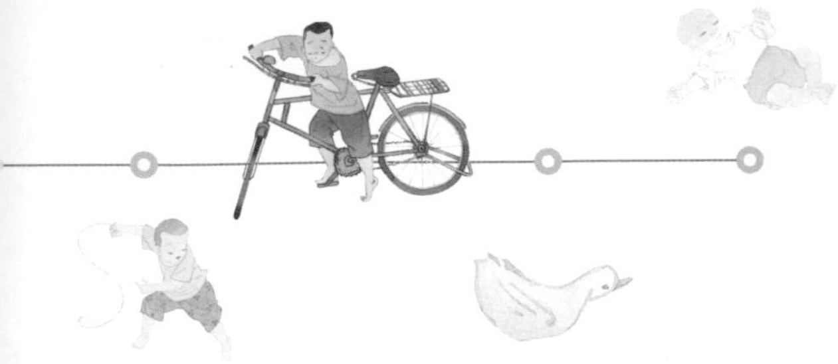

不覺你就能夠上路！當然，平時大人有工作要忙，不一定有空陪你，小朋友學腳踏車，大多是同伴互相扶持，輪流協助；但小朋友畢竟力氣小，耐力有限，如果友伴多，接力協助，練起來效果會更好，說不定練過兩、三天就會騎，膽子大的，也真的能夠上路了！不知為什麼，在這件事情上，我爸爸媽媽他們

都是缺席的；比我大好多歲的兩個堂哥和我的大姊，也都是缺席的。所以，我好像學得比較慢。

另外，和我騎腳踏車有關的兩件事，也該提一提：

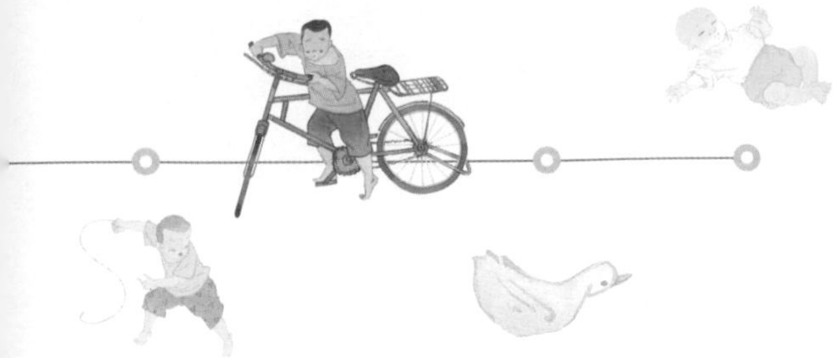

學會騎腳踏車之後，我騎車的興致特別高；雖然自己沒有腳踏車，卻常找機會向人家借。有次，正好端午節，我們家附近村子叫二龍村，村裡有條河流過，每年端午節舉辦龍舟競賽；只要鑼聲響起，我們就會趕去看熱鬧。那天，我興致來了，邀了堂哥的兒子宏智，他小我四、五歲，我答應載他去看划龍船，讓他坐在後座。不知怎麼來的膽量，自己都還騎不穩，居然敢載他去趕集！人太高興的時候，

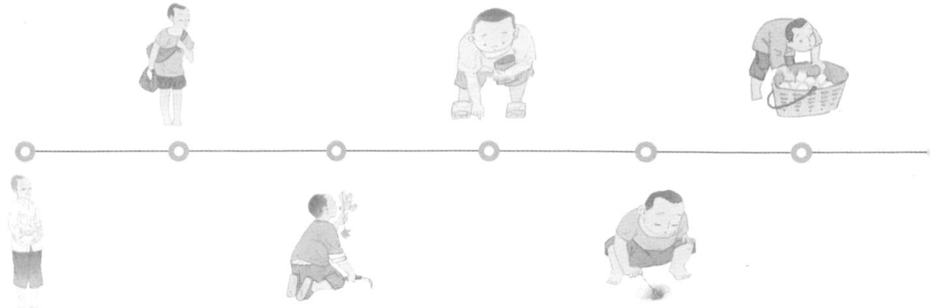

就會有所疏忽，容易出意外；不知什麼原因，騎到半路時，我侄子突然尖叫大哭！我趕緊煞車，停下來查看，不得了啦！他的腳踝被後車輪鋼絲絞傷，脫了一層皮，滲出血來！我既害怕又愧疚，擔心挨罵，不知如何向堂嫂交代！

成年後，我工作和住家很近；再說，成家之後，也沒多餘的錢可作不必要的開銷，家裡沒有腳踏車，從此就不再有騎腳踏車的機會。沒想到一九九一年八月，我應邀去了丹麥，參加安徒

生國際學術研討會，到了位在福恩島奧登塞大學中的安徒生研究中心，大陸留學生、童話作家小啦，她幫我安排住宿，離校區有段路程，騎車大約半小時；她找來一輛腳踏車，問我能不能騎？我想：不能給人家添太多麻煩，就說可以試試；因為二、三十年沒有騎了。從校園到住宿地方，我跟著她穿越丘陵起伏的一片大草原，居然沒摔倒，還一路用單手握著車把、另一隻手伸到背後扶著旅行箱，順利安全抵達，自己感到很欣慰。

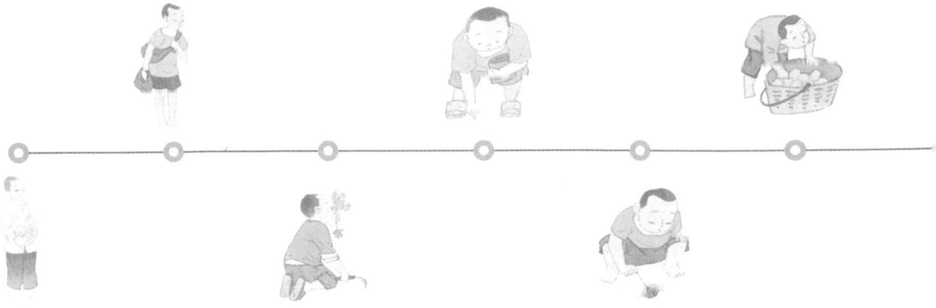

想想一旦學會騎腳踏車，還能終身受用，就感到小時候受過的苦，是很有代價的。

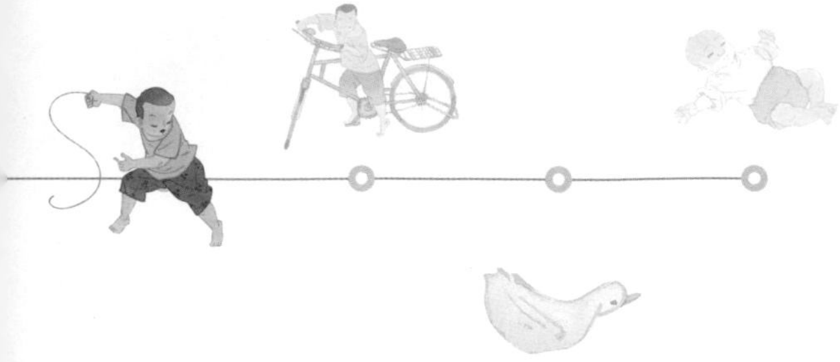

陀螺，童年的遊戲

不少「童玩」是小朋友想出來、做出來的。玩陀螺、打槍子、放風箏，沒有錢買，需要自己動手製作。我想要一顆理想的陀螺，簡直就如懷抱一個偉大的夢想，想一整年才能實現！

小時候愛玩，玩應該算是天性。

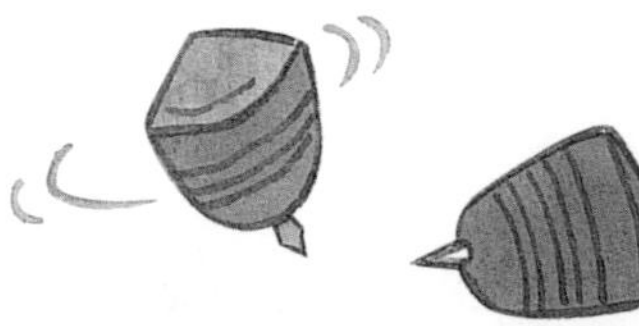

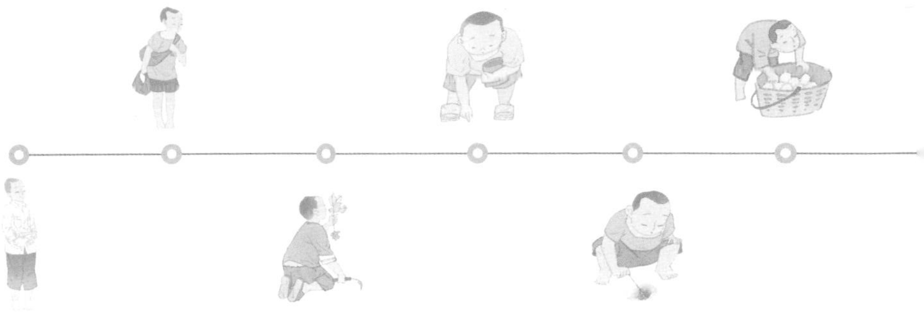

不同年代，會有不同的遊戲；不同的國家、地區，不同的民族，也會有不同的遊戲；當然，也會有些是相同的。如果你去參觀過「蘭陽國際童玩節」，你一定會發現：可以玩的東西怎麼那麼多？古今中外，各式各樣的玩具都有；不同的玩具，就有不同的玩法。而所有的「童玩」，都是從無到有；不論哪樣玩具，都是經過人們動腦筋想出來的；其中，就有不少「童玩」是小朋友想出來、做出來的。

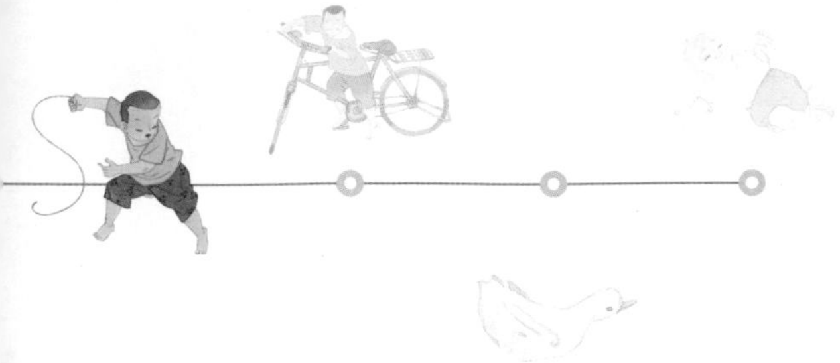

最初想出來的人，就是創造者、發明家。小朋友在遊戲這方面的開拓、參與，也有可能成為創造者、發明家。認真說來，遊戲也是促進人類文明進步的一種貢獻，不能小看它。甚至，大人也不能一味禁止小朋友玩。當然，大人總會擔心小孩子玩過頭，沉迷在遊戲中，不但影響應該要有的學習，甚至他的知識成長、人生觀，都會受到影響。

我出生的地方，是鄉下的農村；在宜蘭礁

溪。七十年前，上世紀三、四〇年代，鄉下是很落後的，嗅不到一點知識的訊息！大人的知識有限，小孩子就更不懂。農村裡的人，大都是靠種田過活，沒有田地可種的人，就靠打工、幫傭，或做點小生意，或到外地謀生；反正「一株草一點露」，沒有飯吃的時候，自然會想辦法。只要肯做，少有會餓死的人。當然，那年代，傷腦筋的事，要解決問題的，還是大人去操心，小孩就只管飯來張口。至於遊戲的事，就只有自己想辦

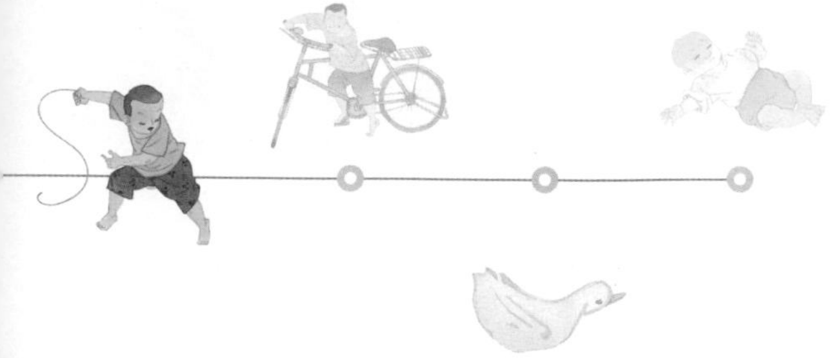

法，不能再增加大人的負擔；父母要是有餘錢，想到給你買樣玩具，那可是天大的恩寵。

在我的記憶裡，似乎從來沒有得過父母、兄姊給過的玩具；他們自己大概也不曾有過玩具，因為現實生活中，光是每天三餐要吃的，就不知如何變出來！要玩，要打發無聊的時間，就自己想辦法。

我們一家七口，包括我父母、大姊、兩個堂哥、一個二堂哥的童養媳和我；我最小。我爸爸

常常不在家，但他回來的時候，不問早晚，雙腳一踏入家門，就要有飯吃，我媽媽就得即時想辦法，否則就會挨罵；但我不知道我爸爸有沒有拿錢回家。我真為我的媽媽難過！在這樣的家庭裡，包括種田的農務、大大小小的事，都是我媽媽一個人張羅。因為我伯父母很早就過世，我是從來都沒見過的。我能夠有溫飽，而又從來也不覺有什麼憂愁，這樣的童年，我已經算是相當幸福了！

我們的村子，住的都是自己的宗親，一兩百戶人家，都是林姓家族，人丁興旺，同年齡層的孩童多，任何時候想玩，都不怕沒有玩伴；但大部分遊戲，都是男生和男生玩，因為女生喜歡玩的種類不同，就難玩在一起！其實，男生比較粗野，玩的較耗體力，例如：打陀螺、打槍子、放風箏、玩彈珠、疊羅漢、騎馬打仗等等，女生是很少參與的。

玩陀螺、打槍子、放風箏這類遊戲的玩具，

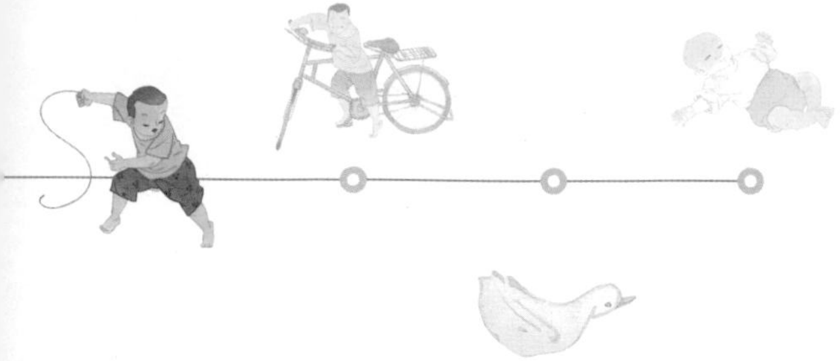

沒有錢買，需要動手自己製作。陀螺、槍子都用木頭做，風箏則用細竹子當骨架，再糊上薄紙。做這些玩具得先找材料，還得手巧，也不是你想要就能心想事成。我想要擁有自己的一顆理想的陀螺，簡直就如懷抱一個偉大的夢想，想一整年才能實現！因為理想的陀螺，木材要好，要有堅硬的

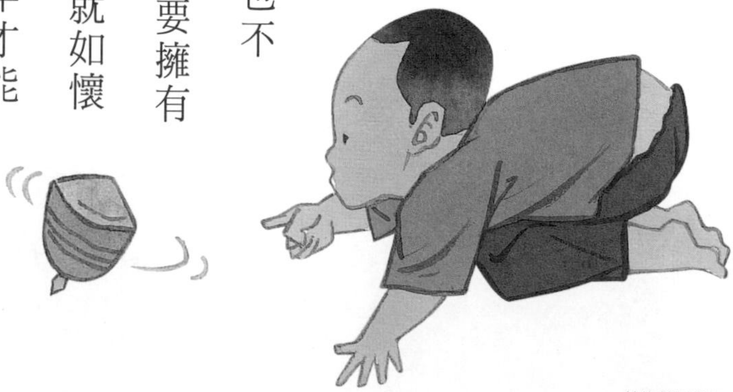

木頭；削成之後，還要去「打鐵店」請鐵匠打根尖又扁、像粗鐵釘那樣，作為陀螺的腳，把它釘上去，跟別人拚搏時，就有機會把別人的陀螺釘破。通常堅硬的木頭不容易找，如九芎樹那種，它不容易被釘破；我們得不到這種材料，就退而求其次，找番石榴的樹幹來代替。

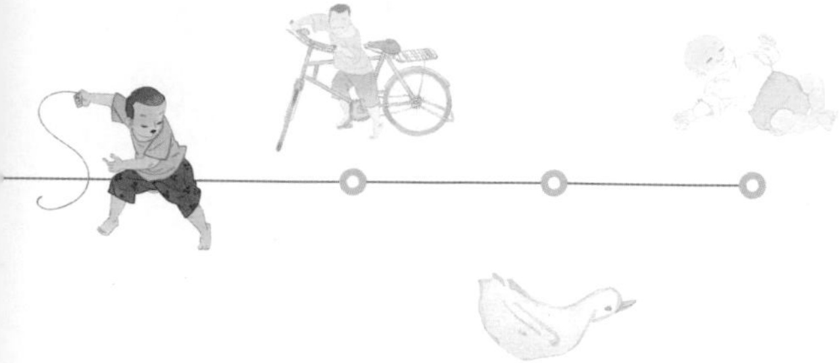

打槍子的「槍子」，是閩南語，「子彈」的意思，因為它的形狀，是一小節木棍削成兩頭尖，做成像子彈，便於敲打彈跳；玩的時候，放在地上，手握大約一尺長的木棍用力敲打，使它彈跳起來，再用木棍使力將它擊出去，看誰擊得遠誰就贏。男孩子就喜歡玩這類粗野的遊戲才過癮。當然，遊戲不是一成不變；要常常變。同一種遊戲玩久了就膩，要換換口味。有些遊戲有季節性，你認為它好玩，並不是整年都玩那種；比

如放風箏，我們都選在秋天的季節。這時候，田園裡的莊稼都收成了，大人也較有好心情，不會老盯著小孩要幫忙工作，而且氣候穩定，秋高氣爽，正是放風箏的好季節。

鄉下孩子，不論哪個季節，從小就要開始幫忙做事，有多少力氣就做多少事，最主要的是學習，一旦做過了，有了力氣之後就一定能做得更好；大人的想法是，不能讓你偷懶，養成壞習性，錯過學習的好機會。那時候，念書的孩子

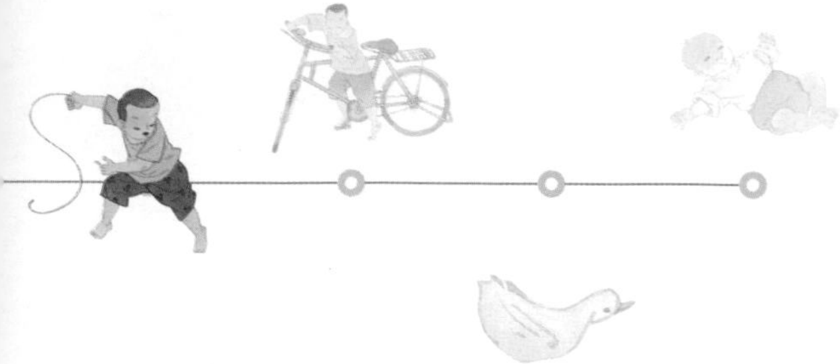

功課不算多，放學回家大部分的時間，就得幫忙做家事；男孩子要幫忙做的，大都與農務有關。家有養牛的，割草餵牛，或牽牛喝水、或放牛吃草，都算是日常例行的工作。但這些工作，有的可以和遊戲結合，比如放牛吃草，都選在公墓或空曠草埔地，放著牛自由去吃草，只要留意不偷吃人家的作物，你儘管可以放心的跟放牛的童伴去放風箏或下棋，那也就在遊戲，不像工作，倒也有一點像在學習什麼。

鄉下的孩子有自己的玩法，貧窮的孩子也會自己想辦法；遊戲是不可少的。

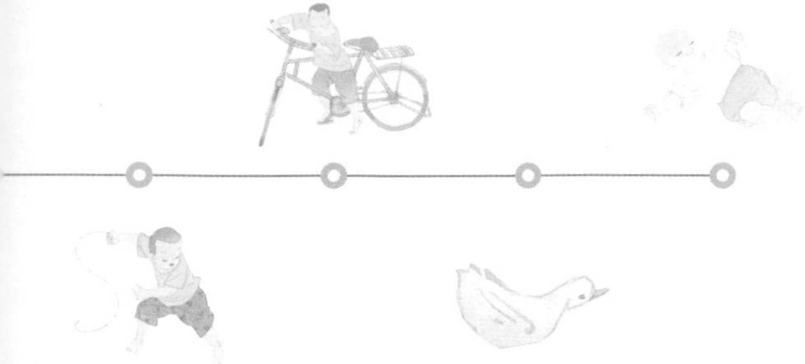

我家的果樹園

我們家還有一塊旱地，是指堂哥和我家還沒分的共有祖產。種地瓜或落花生，是分期栽種的；通常，上半年在清明之後種花生，秋收後，接著種地瓜。一年兩期，土地還是有充分休息的機會。那個年代，我家有這片果樹園，我覺得自己家好像還滿富有的；每當芭樂採收的季

節，我們家的親戚就會有機會被邀來分享……

我剛念小學的時候，我還沒有什麼記憶，最多只記得一些遊戲的事情。

那時候，無憂無慮，是人生最幸福的時期；大部分的時間，我都暱在媽媽的身旁，媽媽叫我做什麼，我就做什麼；媽媽不叫我做什麼，我就什麼都不必做了！遊戲大概就是我打發時間最好的方法。

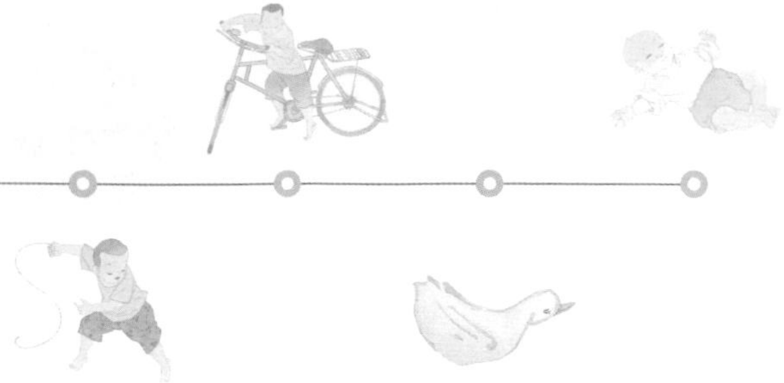

那時候，我很少看到爸爸，有沒有爸爸好像不是很重要；如果沒有媽媽，大概就要挨餓了！因此，我就不能不聽媽媽的話。所以，我小的時候，算是一個聽話的小孩。

我曾經說過，我的伯父母很早就過世；我的伯父是我爸爸唯一的親兄弟；在我記憶中，我卻從來沒有出現過他們的影像，家裡也沒有留下他們的任何一張照片或畫像；我堂哥、堂姊他們，一定會很遺憾！可我也從未聽過他們說過類似的話。

因為伯父母過世得早，我的兩個堂哥從小就由我媽媽照顧；到底是從他們多小開始，我沒查問過，但記得當我還未上小學時，我們就已經在一起生活了。兩個堂哥，一個大我十一歲，一個大我十歲；那時，兩個堂姊早已送人當童養媳。據說，我爸爸和我伯父也已分家，大概跟我祖父母早逝有關！而那個時候，我爸爸已經傾家蕩產，他所分得的家產，包括田地和房屋都已賣光；我媽媽名義上是照顧他們，其實也等於我們

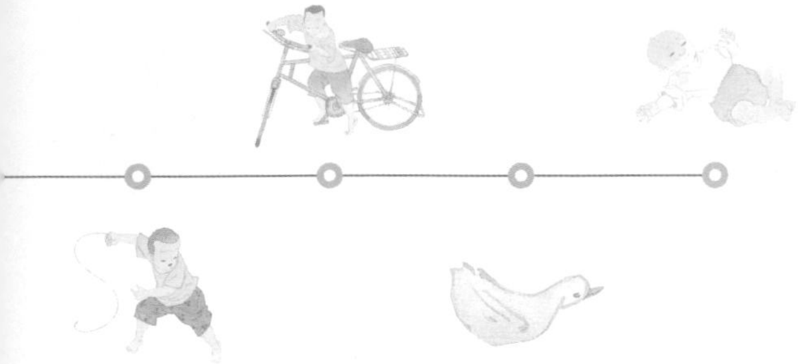

一家四口住在他們家，如果不是這樣的話，那我們一家人也不知要如何度過！

那時，我堂哥他們有幾分水田，大堂哥已自日本公學校（等於小學）畢業，在警察局當小侍（工友），種田種菜勞動粗重的活，就由二堂哥和我媽媽埋頭苦幹！除此，家裡的大小事務，大概全落在我媽媽身上，也或許我的大姊姊，小我二堂哥一歲，她也會幫媽媽分一點勞、解一點憂吧！據說，大姊是從小乖巧、認份又能幹。而我

最小，這些苦我都還不用吃。

那時候，不懂事，無憂無慮，最是幸福。

那時候，我們家還有一塊旱地，雖屬沙石地質，土壤不肥沃，又離家遠些，但還是沒有讓它荒蕪！不知從什麼時候開始，那塊地就成了每年夏季水稻收割後，就可以開始採收果實的芭樂園。

那時候，我雖然還幫不上忙，但媽媽和堂哥要採芭樂時，還是會帶我同行。採芭樂時，我們一家人，包括大姊和二堂哥的童養媳，都會全家

出動。採果子不是只為了自己吃，那也是一年當中滿重要的一部分收入。採收之後的果實，就由二堂哥送去賣給批發商，有時批發商也會直接來果園收購。

可是，種芭樂一年只採收一季，土地要充分利用。貧苦勤勞的人家，自然要想盡辦法營生。我們還會利用芭樂樹下的間隙空地，栽種地瓜和落花生；這類作物比種菜較不費工照顧。這種間

作方式，可增加一些收入，也可讓芭樂樹下不致長滿雜草。

我說的「我們家還有一塊旱地」，指的是祖父母留下、堂哥和我家還沒分的那塊共有祖產。種地瓜或落花生，是分期栽種；生長期不太長。通常，上半年在清明之後種花生，秋收後，接著種地瓜，過了年就有收成。一年兩期，土地還是有充分休

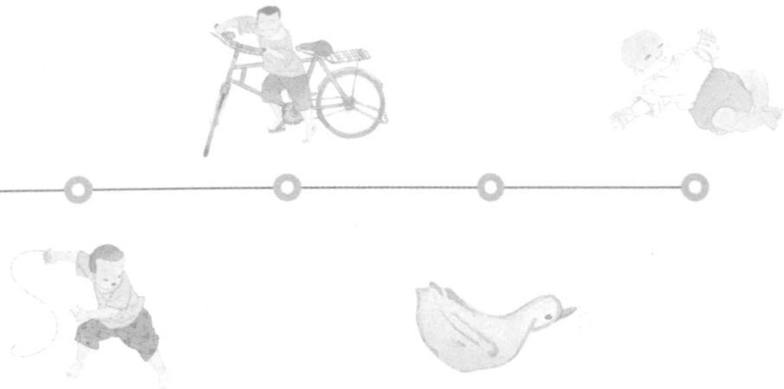

息的機會。

那個年代，我家有這片果樹園，我覺得自己家好像還算滿富有；每當芭樂採收的季節，我們家的親戚就會有機會被邀來分享。當然，大半是在末期的階段，芭樂比較平價時。這時候，平時不大容易聚會的親戚們，也就會借機會來碰碰面，或由我們親自送到親戚家和他們分享，聯絡感情。能和親戚、表兄弟姊妹們相聚，在小時候我那樣的年齡，沒什麼其他社交活動，這就是我

們親戚加強情誼最珍貴的方式。

我媽媽有三個弟弟、四個姊妹，加上外叔公他們那一房的五、六個兄弟姊妹們，他們都是我最親密的舅舅、阿姨，而他們的孩子，也就是我小的時候最要好的玩伴。所以，我小時候在外婆家接觸認識的表兄弟姊妹相當多，很熱鬧，感情也特別好。我和他們的互動，自然就成了我童年時很重要的人際發展關係，也成了我現在回憶起來，珍貴的童年記憶。

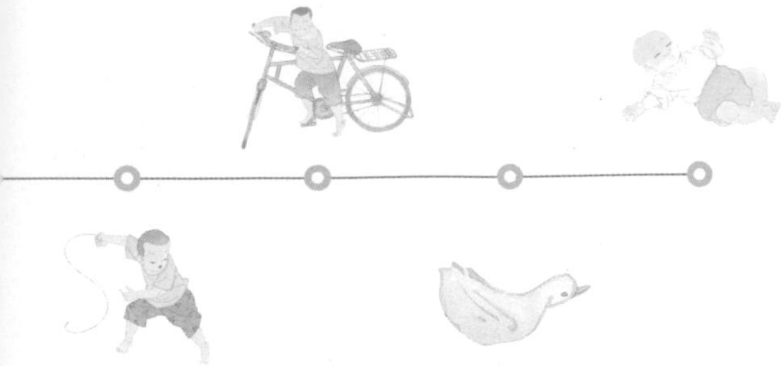

釣螃蟹

釣螃蟹的釣具很簡單，通常是用一根「牛陣草」串上肥滋滋的蚯蚓，再伸進螃蟹洞裡，以戲弄誘拐的方式，耐心的把螃蟹引誘出來……

小時候，自己有多笨？是不自覺的！我只記得，媽媽和鄰居閒聊時常說：「人去對人去，人

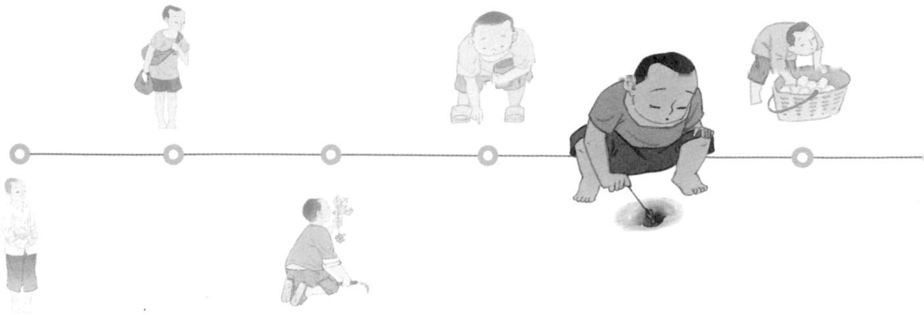

轉對人轉。」我就大略知道人家在問我媽媽，我書讀得好不好？

所謂「人去對人去，人轉對人轉。」是一句很普通的閩南話，意思是：「人家去了就跟著人家去了！人家回來了就跟著人家回來了！——不知道學到了什麼。」這句話，像台灣農業社會時民間流行的「歇後語」。根據我媽媽所說的這句話，我現在自己再仔細想想，念小學時的我，真的不知道自己學到了什麼！如果一定要給自己一

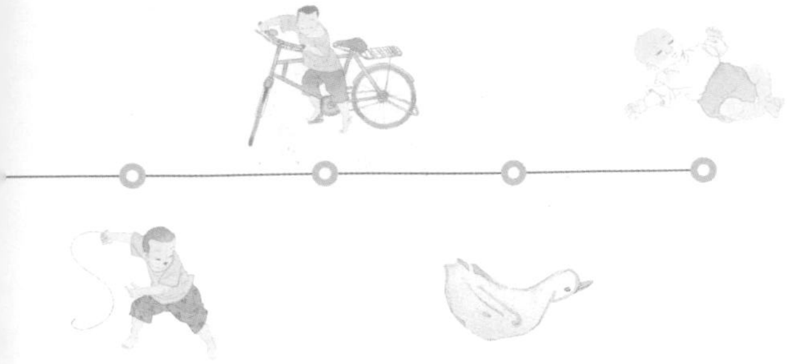

句評語的話，我會說：「我實在是笨得可以！」要不然，小學畢業時也不應該沒有考上中學！注定了我一生都要背負著「沒有高學歷」的背景，在很需要「高學歷」的殘酷現實社會中謀生！

人生，終歸是「有失必有得」吧！老天也沒因此完全放棄我，我也沒有放棄自己。我沒有在學校學到的，我不自覺的從生活中得到了！現在，我回憶小的時候得到的一些知識或常識，真的都是從生活、甚至是從遊戲中獲得，而且一輩

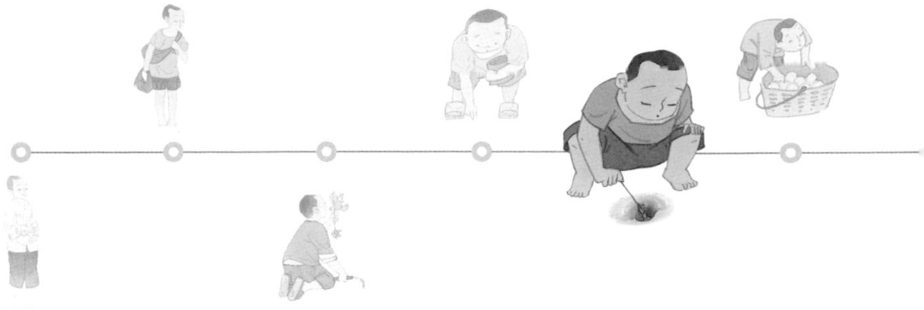

子都沒把它們忘掉。

我的記性向來很差，但我還是可以有把握的說：小學的自然課本裡，沒有教過壁虎會斷尾求生、這種某些生物特有的生存本能。那時候，鄉下房子壁虎不少，幾乎每間都有，所以我有很多機會可以看到壁虎斷尾逃逸的情形！至於螃蟹斷腳、斷螯的知識，也是我自己親身的體會！

我自小就喜愛吃魚蝦螃蟹等海鮮，尤其知道螃蟹就是一種天生的美味。我小時候所住的村

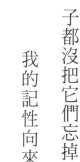

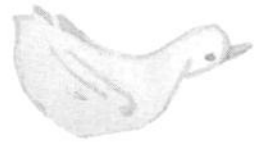

子，是我的祖先兩百多年前從福建移民來台就定居的地方，叫桂竹林。我祖先真會找，選的是一塊寶地；第一，村子背後是雪山山脈，前面是太平洋，太陽升起的地方。第二，屋後有一大片旱地，當菜園；左右兩邊和前面，都是遼闊的水田。第三，村子兩邊都各有一條水溝，水是地下湧泉，水資源豐沛，終年永不枯竭，清澈、清涼又甘甜，到現在還是一樣。我最懷念的是，我們村裡的每戶人家，屋前屋後，凡有小水溝流過的

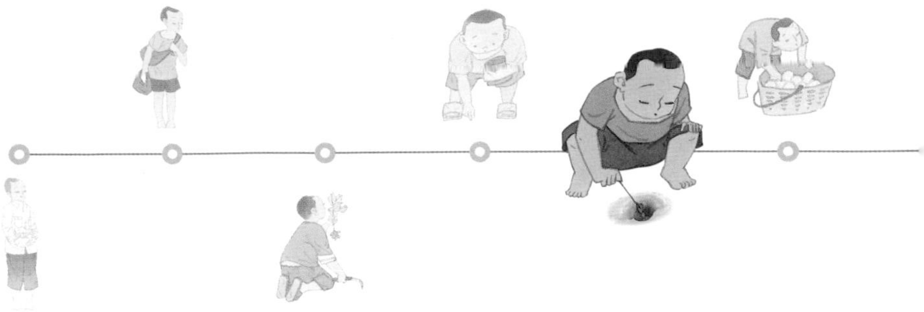

地方，小孩都有機會在那兒釣螃蟹、抓魚蝦；雖然小水溝裡的螃蟹魚蝦長得不大，但提供給我們小朋友最大的樂趣，不一定在滿足吃的口腹之欲，而是遊戲殺時間和炫耀捕捉能力的那份成就感。如果真正想滿足吃野味的時候，我們就會轉移陣地，去大一點的水溝，那也不用走出自己的村子，媽媽要找人的時候，她大聲叫個幾聲，就能應聲跑回家；即使自己太專注，沒有聽到，鄰居小朋友、玩伴或大人聽到了，也會轉告你，不

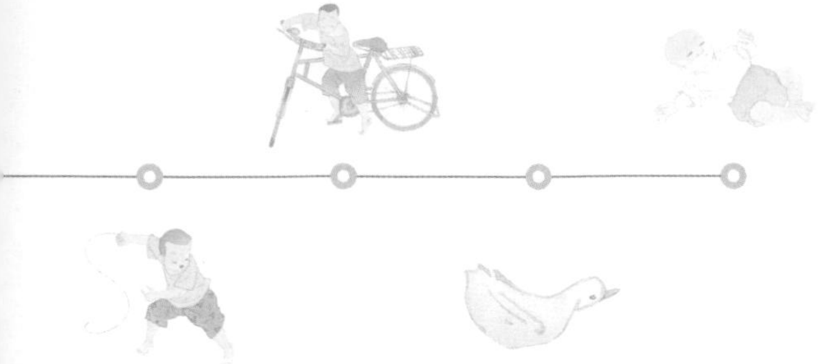

至於讓媽媽等太久找不到你而生氣、挨打！

釣螃蟹實在是很好玩的，但女生通常害怕，不會也不敢玩這種冒險的活動。看著螃蟹張螯舞腳的，早就嚇跑了！在我們的村子裡，大部分男孩都應該釣過螃蟹，有的還是箇中高手，特別知道哪裡有，而又能夠輕易被他抓到。我不是高手，但也不想認輸，有機會就想試試自己的運

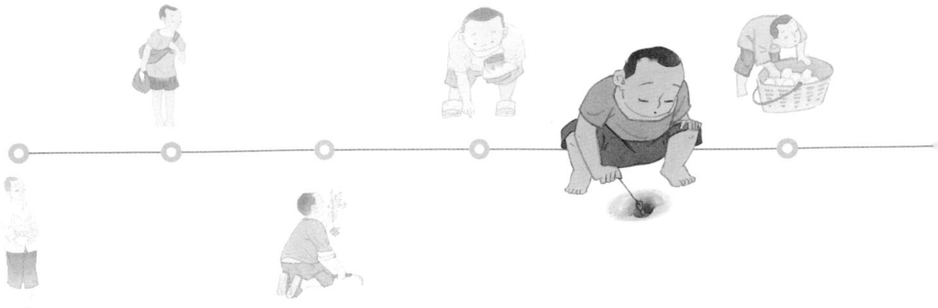

氣、技巧和耐心。的確，釣螃蟹，技巧和耐心是不能沒有的。

釣螃蟹有樂也有苦，是苦多還是樂多？很難說。你想釣螃蟹，螃蟹也頂聰明的，你得想辦法和牠鬥智。釣螃蟹的釣具很簡單，通常我們用的是一根「牛陣草」串上肥滋滋的蚯蚓，以戲弄誘拐的方式，將它伸進螃蟹洞裡，耐心的把牠引誘出來。如果螃蟹在家的話，就有機會把牠騙出來，但整個過程你一定得非常細心，不能有驚嚇

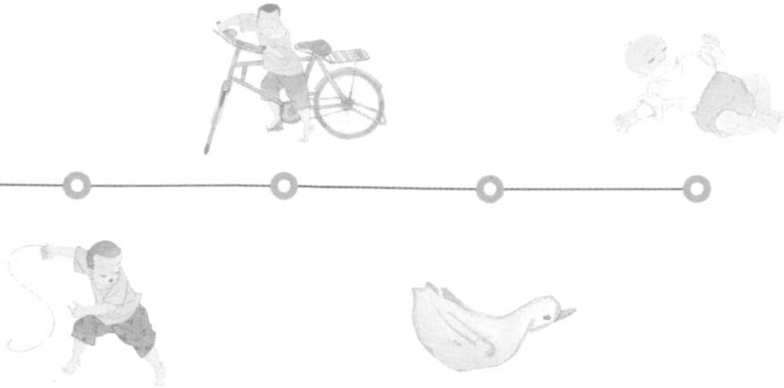

牠的動作；螃蟹的警覺性很高。你右手拿著「牛陣草」吸引牠，慢慢退出洞口，牠也慢慢跟進；你的左手要始終守在洞口上方，眼睛要專注的盯著，等牠完全來到了洞口，就快速用大拇指和食指壓住背部兩端，迅速逮住牠。這時候，如果沒有抓好，螃蟹張螯舞腳，你手忙腳亂，很有可能讓牠的螯咬住你的手指頭，那是很痛的；在生死緊要關頭，牠會斷螯求生，在你痛得還未回神時，牠已逃之夭夭，躲進洞穴裡了……

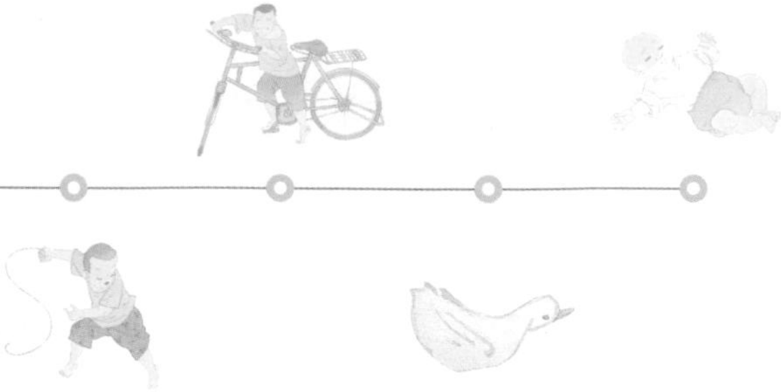

拾穗賺零用錢

嘴饞是孩子的本性，但鄉下孩子卻難得有零用錢買零食吃。夏天稻子收割時，農村最忙，如果自告奮勇拾穗，父母都會給現金作為獎勵，作為自己的零用錢。

我們家耕種的那幾分薄田，認真說來，是屬

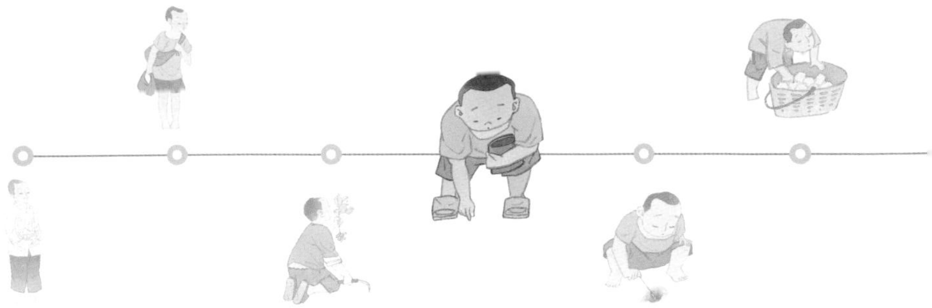

於我堂哥他們的；那是我們一家生活的重要經濟來源。小時候，因為我和堂哥他們生活在一起，我一直以為那是「我們的」，一切都想得那麼理所當然，所有的家產我也應該有份，我什麼都不必做也自然會有飯吃。可是，事實不然！那個時候，按我媽媽常掛在嘴上說的一句話，我就是標準的「吃飯鍋中央的人」，什麼都不用操心。當然，也正因為我還小嘛，才十歲左右，哪能懂得什麼？能做什麼？能做的事很有限，自然不會也

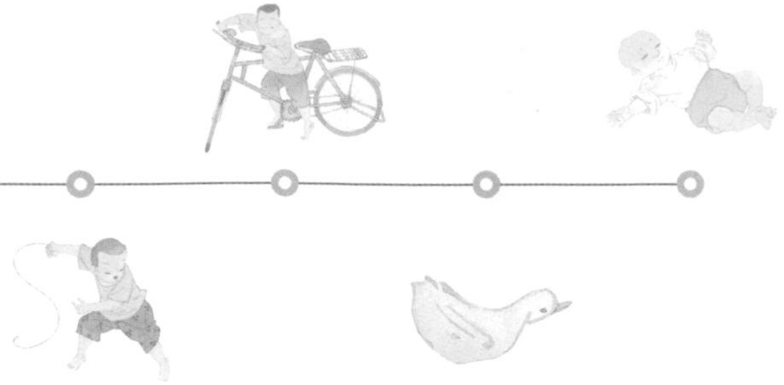

無力分擔家裡勞心勞力的工作！媽媽綜理我們這一家的一切家務事，就是她和二堂哥日夜操勞、拚搏度過的。

那個年代，農村普遍辛苦，但我們家一定比別人家還要辛苦；因為我很少看到我爸爸回家來，也不知他有沒有拿錢養家？我媽媽她是「童養媳」，是吃苦長大的，有堅忍的精神。她常說，只要肯吃苦賣力工作，還是會有飯吃的；雖然我們吃得不好，稻米、地瓜、蔬菜自己種，還

是維持了溫飽。當然，這都要歸功於媽媽，她一向勤儉持家，不浪費一分一毫，精打細算，才無缺糧、斷炊之虞。

在那樣的年代，在我的童年的記憶裡，媽媽是沒有給過零用錢的！

嘴饞是每個孩子的本性，但鄉下孩子平時卻難得有零用錢、買零食吃的機會。我當然也不例外！你要想擁有一點零用錢，自己可以支配，那一年當中，最好的時機是，夏天稻子收割的季節。

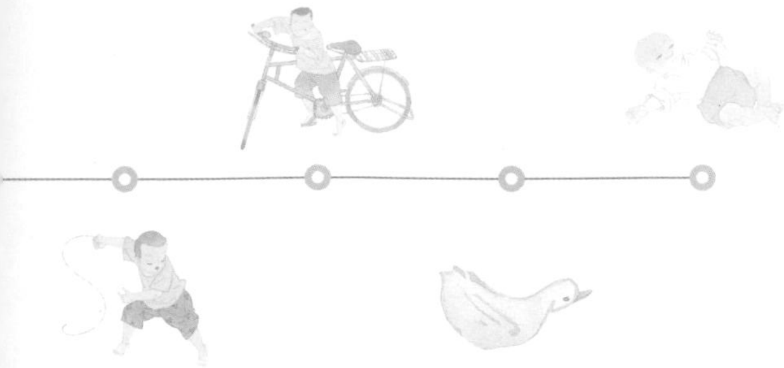

這季節，農村最忙，最需要人手工作；看到有人在收割稻子，只要你肯自告奮勇去問：要不要幫忙抱稻穗？如果人家答應了，一天工作下來，你就可以得到一畚箕

現割的稻穀作為工資，上下午還有兩頓點心和中餐供應。如果人家不缺人手，你還是可以待在收割後的稻田中拾稻穗；你在田裡撿到的稻穗，都可歸你所有。

光是拾穗，如果你夠勤勞的話，夏季割稻期長達一兩個禮拜；你要是天天出動的話，拾穗的收穫有時也相當可觀。這筆收穫，通常父母都會論斤收購，給現金作為獎勵，你就可以留下來作為自己日常的零用金。

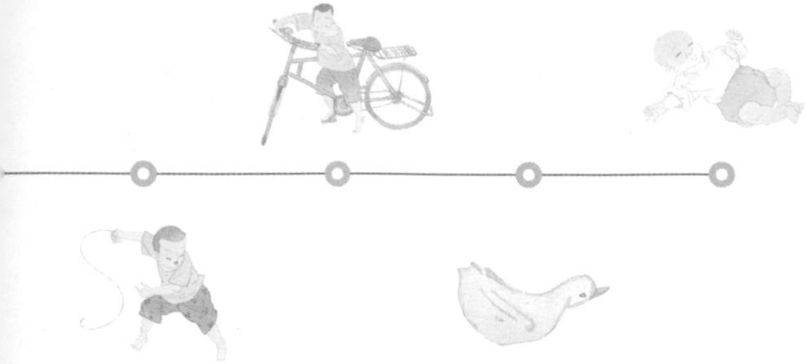

上小學時，美術課本裡，米勒那幅經典之作《拾穗》，至今我還有點印象。那時候，我還不能體會「人生」是什麼滋味，不會把它和現實生活聯結在一起；只覺得畫就是畫嘛，它是美術課本裡的作品，跟現實生活有什麼關係？其實，我小的時候，自己也曾當了幾年拾穗者……

因為自己家裡耕作的田地面積不大，暑假有較多的時間可以當拾穗的小孩；雖然收穫不是很可觀，但一個暑假下來，我曾經也有撿過幾十斤

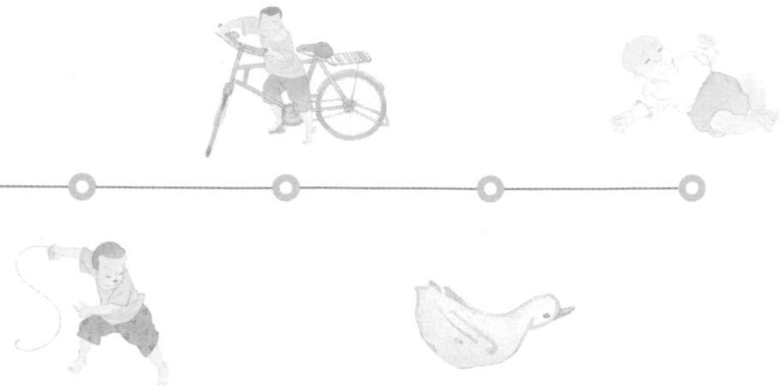

稻穀的成績，自然就會有一筆自己彎腰流汗、得來不易的零用錢，可以用來買零嘴解饞。

當拾穗小孩的時候，有時會碰到其他小朋友也來插花，就有了競爭的場面；互相追逐、互相激勵，各自發揮自己眼明手快腳快的功力，誰都怕被人家捷足先登；拾得的稻穗少，固然是沒有成就感，但輸給人家，彼此友伴或家人談起來，有面子掛不住的問題。

平時少有零用錢買零嘴，如果有一顆糖果

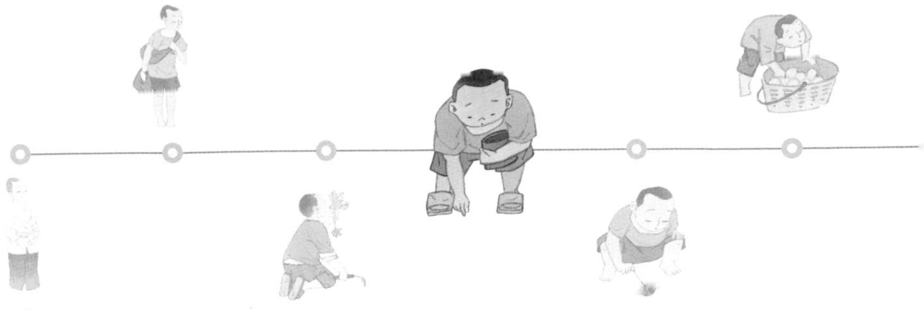

吃，我會小心翼翼的把它含在嘴巴裡，不敢大意咬碎，生怕它很快就溶化掉，連嘴裡含著糖果而分泌如泉湧的甜唾液，都捨不得大口大口吞嚥；一顆糖果就含了老半天。

那個時候，媽媽給錢買零嘴的機會絕無僅有，但還是會想辦法給解饞的機會；以能不花錢為目的，是媽媽最大的考量。除了日常生活必要的開支，家裡實在是沒有多餘的錢！在節流的大原則之下，媽媽有時也會想辦法，做些既能解饞

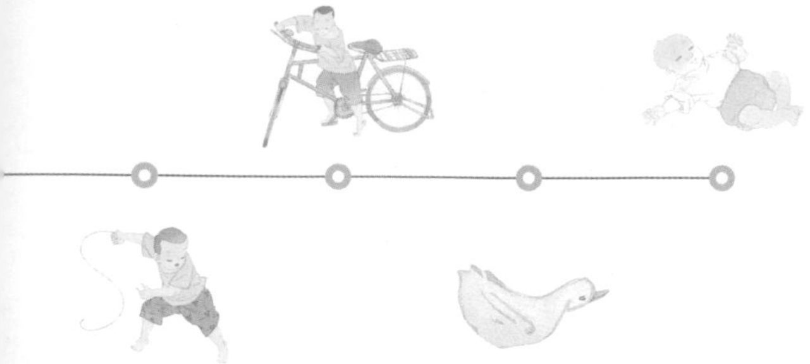

又能充飢的點心之類的零嘴，供我打打牙祭；例如，用大鍋灶煮飯時，有時會故意讓鍋底的飯烤成焦黃的鍋巴，待飯起鍋之後，將糖或鹽撒一些在鍋巴上面，捲成鍋巴卷，在還不能吃正餐的時候，讓你先解解饞，是既經濟又實惠的。這就是我小時候珍貴的一種零嘴。或者，在地瓜、花生收成的時候，如果我也賣力的幫了忙，這時也會有額外的犒賞；如煮地瓜湯、烤地瓜，或炒花生、水煮花生；比較奢侈的時候，還會把地瓜磨

成漿，和上一些蔥或韭菜，煎成地瓜餅，或買麥芽糖包花生，就是最好的享受。

當然，這樣的機會不是常有；但我會很期待。這也就成為我童年珍貴的懷念。

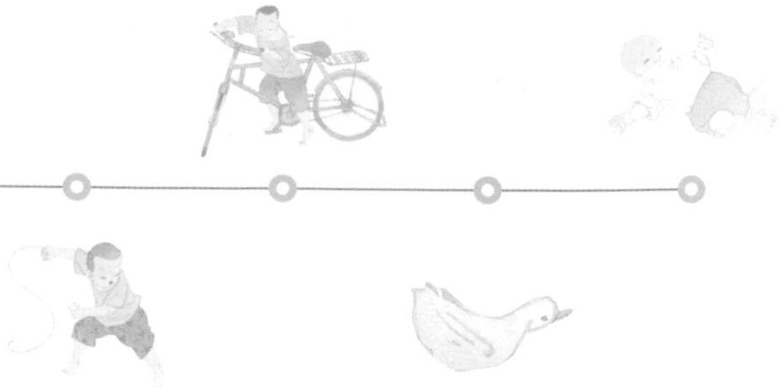

挖土豆和地瓜

我和大姊在寒冷的天氣裡，會拖著竹籃子到人家採收過的花生園或地瓜園、空曠的地方去「尋寶」；那個年代，我們在別人家採收過作物的土地上，挖挖地裡的花生或地瓜，是不犯法的……

花生和地瓜，是我生命中的兩樣恩物，尤其童年時留下的美好記憶。

在沒有什麼零嘴吃的年代，花生就是我童年最好的零食和美味，只要有幾顆在嘴巴裡，就能吃得齒頰留香，高興不已。如果在冬天，又能弄到一點零用錢，買麥芽糖包著花生吃，那就像現在人家吃著進口的高級冰淇淋一樣，是天大的享受。至於地瓜，同樣是長在泥土裡的，它的個頭大，在稻米不足的年代，是窮人家不可缺少的主

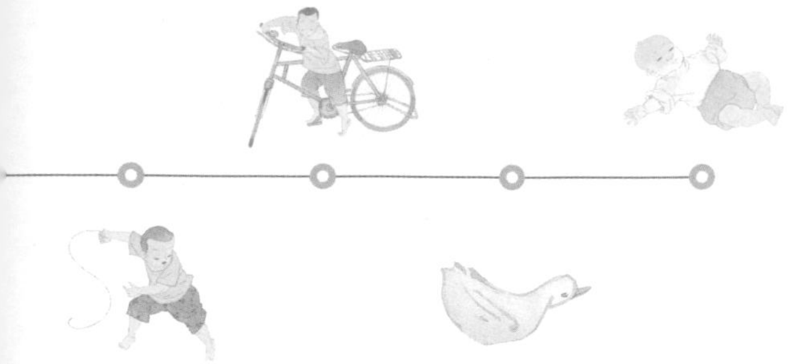

食；不僅需要用來充飢，還可以拿它做點心，並且可以變出很多花樣，讓你百吃不厭。

這兩樣農作物，在鄉下，只要有片空地，一般農家都會自己種、自己吃；有時種多了，豐收了，還可以挑去賣，再換些自家所沒有的生活用品回來。即使沒有土地可耕種的人家，他們需要時，花錢買；在那樣的年代，地瓜比白米便宜兩三倍，窮人家還是買得起。

花生，我們閩南人習慣叫它土豆，因為它的

豆子，結在泥地裡。小時候，我們家種過；我很清楚它的成長和採收過程。至今，我都還很懷念採收花生時的一些樂趣。而最大的樂趣，還是跟吃有關；嘴饞嘛！那就是童年最深的記憶。

台灣阿美族有慶豐收的習俗，每年會有盛大舉辦「豐年祭」的慶典活動；我們小小的家庭，辛苦栽種的花生採收了，不論豐收與否，也得藉機會祭一祭五臟府，慰勞一下自己。而花生採收時，並非每一顆都是飽滿的，同一棵花生結出的

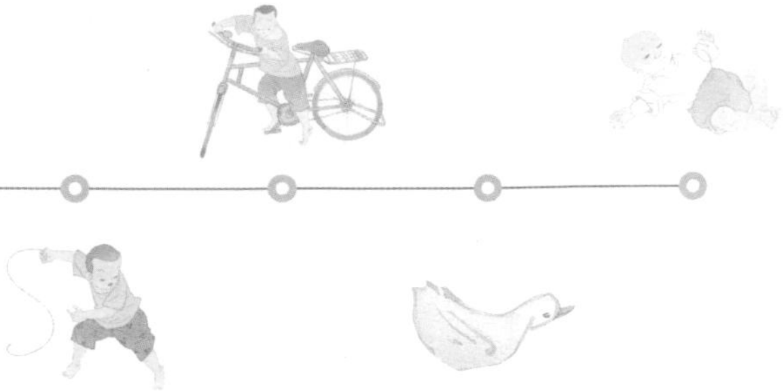

一大串土豆，多則十幾個，少的也有七、八個；但不會每一個都一樣大一樣飽滿，有的比較小、不那麼飽滿。比較小的，不飽滿的花生，在採收的當下，我們會先挑出來，像分等級那樣；這些被挑出來等於次級品的花生，這時就自然變成我們迫不及待要先拿來煮，成為我們在辛苦工作之餘可以嘗鮮的好零嘴。這些不飽滿的花生，雖然只是用清水白煮，但因為是剛剛採收，特有一種新鮮清甜的美味，不是其他食物所能取代的。

我對小時候所經歷過的生活，能記得的，實在有限；自己家到底有多窮，我一直說不出些具體的事件來。但我和大姊在寒冷的天氣裡，會拖著竹籃子到人家採收過的花生園或地瓜園、空曠的地方去「尋寶」，這件事倒是記得滿清楚；那個年代，我們在別人家採收過作物的土地上，挖挖地裡的花生或地瓜，是不犯法的，人家不會把你當小偷。我們會去挖花生或地瓜，人家也一定能體諒我們現實生活中的窘境；如果不是家裡貧

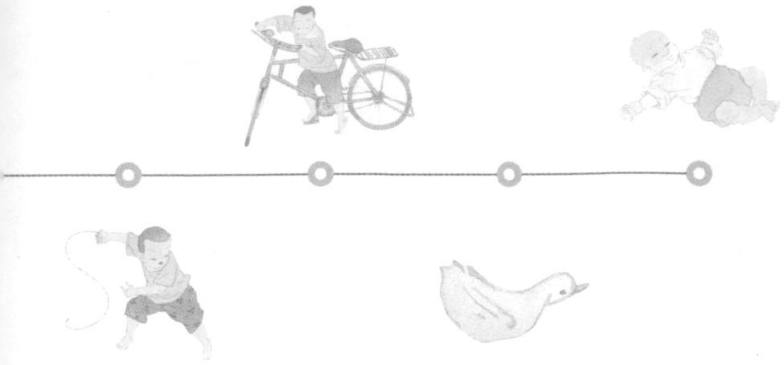

困，哪會去做這種不一定有什麼收穫的勞動？我們會冒著寒風，有時還下著細雨，總是抱著一點希望，希望有一點意外的收穫，在平淡的生活中，也能享受一份驚喜；我們的目的，當然想從中挖到人家沒採收乾淨、還遺留在地裡的花生或地瓜。有時找過一家又一家剛

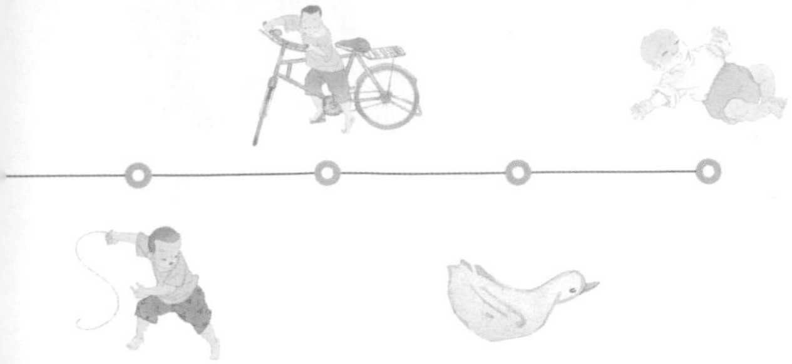

採收過的園地，也一無所獲；有時運氣好，會有很多意外的收穫，不只可當點心，還能彌補糧食不足的空窗期。

被遺留在地底下沒採收乾淨的花生或地瓜，如果沒有被挖出來，過些時日，它們就會發芽；發了芽的花生或地瓜，就只能當作下回耕種時的綠肥吧！那實在太可惜。花生和地瓜，對農家出身的人來說，是相當有貢獻的恩典；最少，在我的體會裡，我認為這兩樣最普通的土產，雖然

不是什麼高經濟價值的作物，但對我們窮人家來說，就是珍貴的寶物。不管怎麼料理，只要能把它們煮熟，不必有什麼搭配，就能讓你吃得津津有味；至今回想起來，都還有一份窮苦人家的滿足感。

我和大姊的互動，在我的一些零星記憶裡，大都是她領著我一起到自家菜園去種菜、摘菜、澆水、施肥、抓菜蟲、拔雜草等輕鬆的工作。我說的我的大姊，其實指的是我同父異母的姊姊；

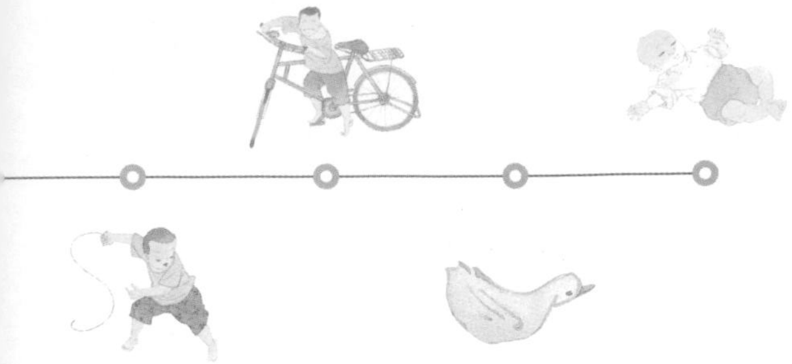

我們雖然是這樣的姊弟關係，但實際上，我們的感情從來沒有這樣的區隔；只是大姊大我九歲，在我小時候的印象中，我們的互動不多，但她始終是呵護我的。現在她八十二歲了，母親不在，她就像媽媽，還處處呵護著我。

　我的大姊小的時候就很乖巧，人家都這麼說；學什麼做什麼，都能得到人家的稱讚；但我始終有份不解，也從來沒敢問她，為什麼她只念到小學畢業就沒再讀書？我唯一能給自己的

答案，就是「我們家窮嘛」！要不就是媽媽需要她，在身邊幫忙，因為能幹，就是一個好幫手。

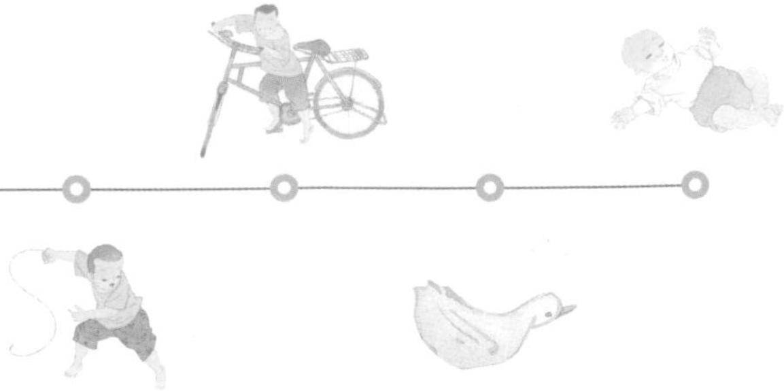

來來來，來上學

那時候，在我的心眼裡，我認為這位四川老師很老了！她個子特別矮小，看起來有點駝背，比我當時高不了多少。

她給我的最深印象是，常年穿著一襲藍色的長袍和一雙黑布包鞋，留著一頭清湯掛麵的短

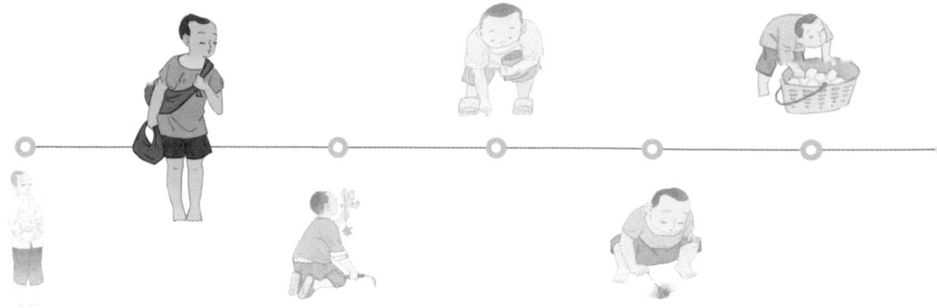

髮，說的滿腔是四川話，我一句也無法聽懂！

語言的學習，從小必須打好基礎。我自己笨，天資不足，一直就不開竅，這輩子吃了不少的虧！沒有受到良好的基礎教育，使我長大之後受了很多挫折！

我民國二十八年八月出生，哪一年念小學，我的小學畢業證書沒有保存好，很難說出正確的年月日。由於數年前，小學五、六年級導師張滂

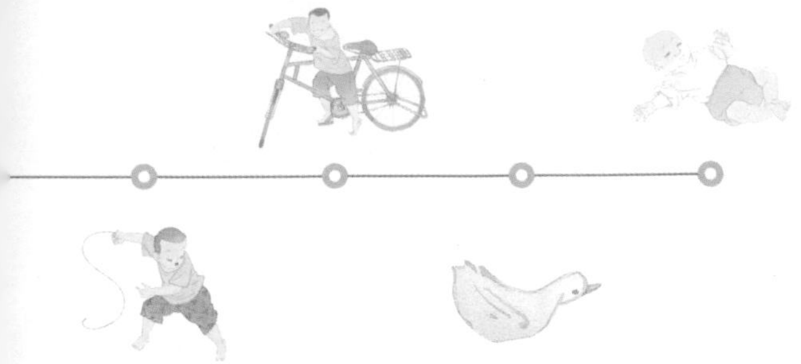

熙先生提議，加上當時的班長林淑英和班代黃欣濱等同班同學熱心聯繫，近年每年都會在七、八月間舉行同學會餐敘，我才明確知道我自己是礁溪國小第三十八屆的學生；我的母校，前年舉辦百年校慶，根據這些資料，我推算我念小學那年，就是民國三十六年八月，是台灣光復後的第二年；我已經是足足八歲了。

那是一個變動的年代，我趕上了！可是我那時候還是傻傻的，在鄉村生活，什麼事也不知

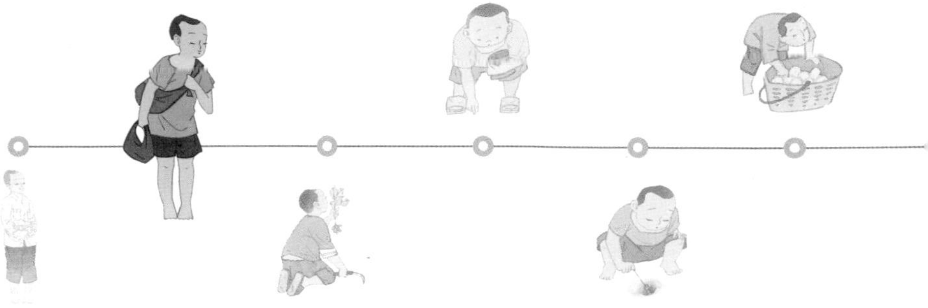

道，什麼也不懂，什麼也記不得！對入學後的唯一印象是，《國語》課本上的第一課課文是：

「來來來，來上學！

去去去，去遊戲！」

那時，教這第一課的老師，是本省籍的老師，他受日本教育，中國語文要現學現教；前一天晚上參加教師研習，第二天就來教我們；我們跟著他生硬的發音念ㄅㄆㄇㄈ，學起來還算不太離譜。此外，我什麼也不記得了！

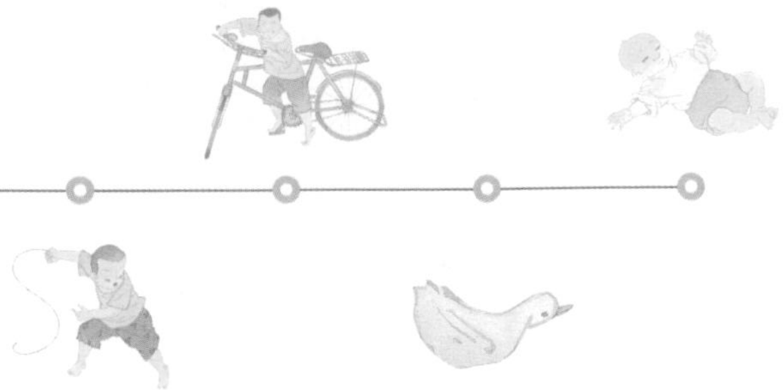

再有的一點記憶是，得跳過兩三年！

到了民國三十八年之後，國民政府撤退到台灣，學校來了一批又一批軍隊，占用了大部分教室，包括走廊，影響正常上課！接著，學校陸續來了一些外省籍教師，我們班就分配到一位四川籍的女老師，當我們的導師。

那時候，在我的心眼裡，我認為這位四川老師很老了！其實，我現在認真想一想，大概也就四十歲左右吧！她個子特別矮小，看起來有

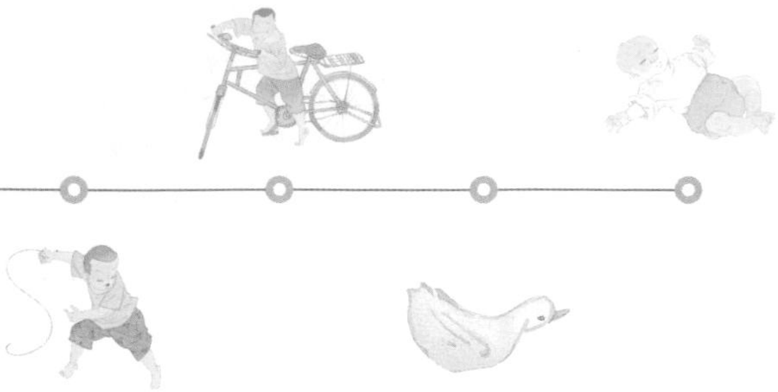

點駝背，比我當時高不了多少。她給我的最深的印象，是常年穿著一襲藍色的長袍和一雙黑布包鞋，留著一頭清湯掛麵的短髮，說的滿腔是四川話，我一句也無法聽懂！

她叫什麼名字？我真糟糕，多年來要認真去想她的名字，都想不起來！對於她教過我們什麼，我更無從記起；我這樣的腦袋，自然從小就裝不了老師教我和課本可以給我的知識！

我國語沒有學好，不是自己不認真學，要賴

給這位四川「老婆婆」；的確是跟她有關係。我在兒童文學界的幾位年輕朋友，便常開我玩笑，說我：「飛」、「灰」不分，「出面」說成「吃麵」等問題；我只能自嘲的認為我說的就是宜蘭腔的國語。

已記不清楚，不知過了多久之後我們才換老師；我小學不但國語沒有學好，連帶也影響到了其他學科的學習。而小學六年當中，我一直沒有好成績，在老師的心目中，大概只有挨打的份；

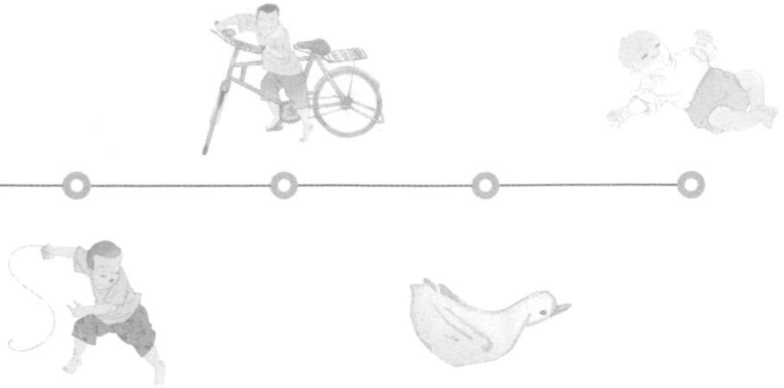

考試不及格要打，作業做不好要打，……滿腦子都是挨打的印象。因此，在小學階段，我養成對任何老師都不敢接近，也因此我對小學教過我的老師們，幾乎沒一個留有什麼特別印象！

挨打的印象最深的是，五、六年級時的導師，也就是近這些年來才偶爾有聯繫的張滂熙老師；現在他已八十多歲了！記得那時候，他剛自台北師範學校畢業，回到自己家鄉來執教，應該是滿光彩的事。不知是愛之深、責之切？還是剛

自學校出來，急於想教出好成績的學生？還是完全出於個性？或者年輕氣盛？他教學是相當嚴厲的，採用嚴打嚴罵的教育方式；他用藤條打人，打手心的力道，幾乎像要打斷手掌一樣，讓人痛不欲生！我印象最深的一次，第二天手掌腫成像麵包一樣，至今我都還常常會想起來。

可惜，我沒有因此而變得更懂事、更認真，依然是媽媽所說的那句老話，「人去對人去，人轉對人轉」，渾渾噩噩，混到小學畢業而已！

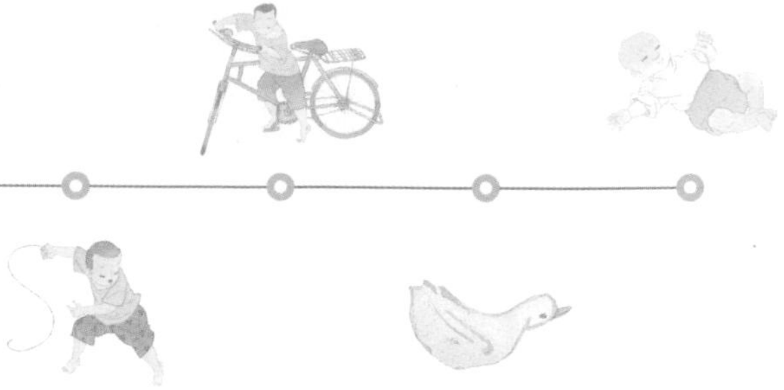

我的第一雙球鞋

我的大堂哥讚勳，在公學校畢業後，在派出所當工友，後來有機會升任基層警員，派到台北受訓。結訓時，他帶回一份禮物給我，竟然是我多年夢寐以求的一雙白球鞋！

那年，我就這麼幸運的擁有了平生的第一雙球

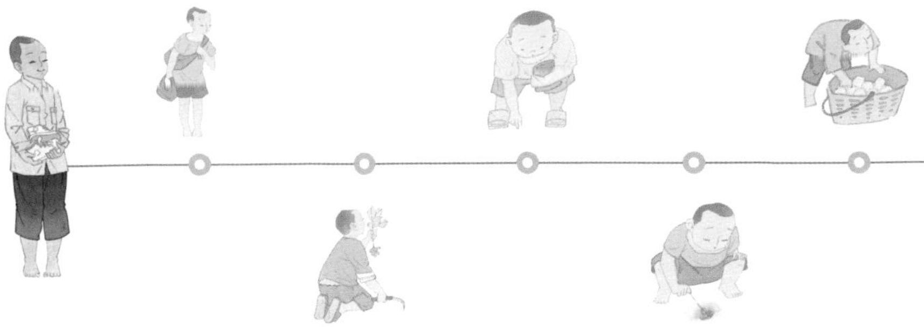

鞋。我一輩子感念我大堂哥，就因為這雙白球鞋……

小時候，鄉下的冬天，似乎特別長！

在我小小的心靈認知上，每年過了十月之後，一開始下雨，灰濛濛的一片田野、被籠罩在不知何時才會撤走的雨幕裡，冬天就提前降臨了。而過了春節之後，春雨霏霏，仍然是灰灰濛濛的，罩住一大片水田，好像冬天還是賴著好欺

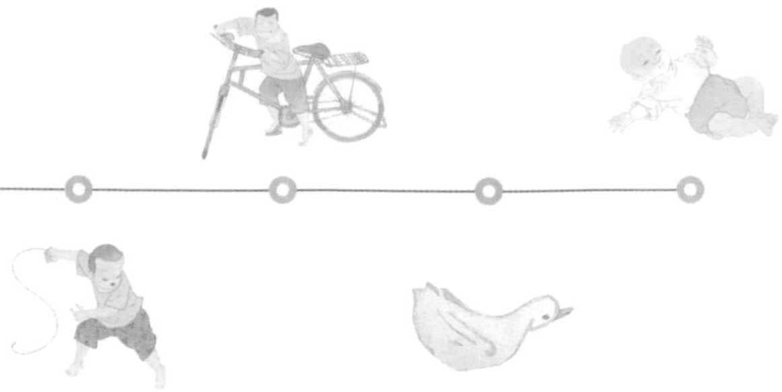

負的農人，不肯走啊！真的，小時候，我覺得冬天最難熬過，我很不喜歡冬天。

「竹風蘭雨」，在上個世紀的五〇年代，新竹的風、蘭陽的雨，是併列有名的！但這「有名」，是屬於負面的一種；這兩個地方就會變成比較不可親近，人家聞風聞雨就避之唯恐不及了。不可否認的，這是蘭陽獨特的地理位置所形成的多雨天氣；但它是我的家鄉，我可愛的故鄉。

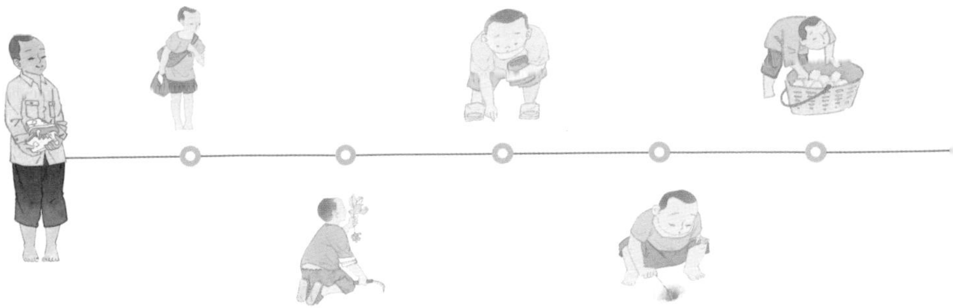

宜蘭是多雨的地區，在我小的時候，一年下雨的天數，有時超過兩百天！印象中，冬天幾乎天天都在下雨；那時候，農村的孩子，能有一雙黑膠雨靴，就是得天獨厚、得到了父母親的特別照顧，冬天外出就能減少挨凍的機會。

那個年代，上學是打著赤腳的，沒有幾個人有布鞋穿；看到人家穿鞋子上學，都十分羨慕，猜想他家一定很有錢。那時，鄉下的馬路都是碎石子鋪成的，沒有鞋子穿，腳掌踩在碎石子路

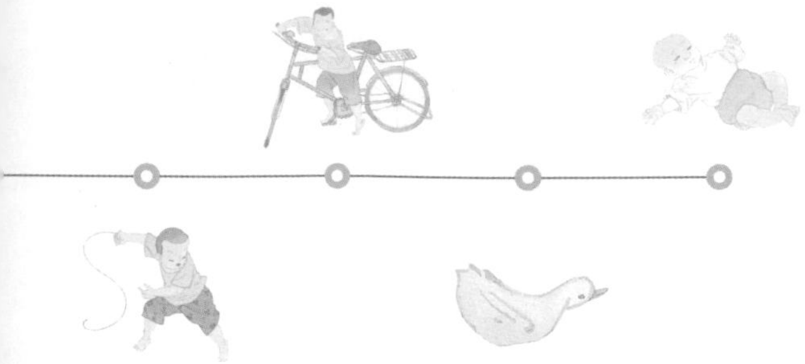

上，常常會被尖礪的碎石子刺痛，有時刺傷，一拐一拐的去上學！現在回想起來，從家裡到學校的路，明明只是一小段不須一刻鐘的行程，我們那個時候走起來，怎麼會感覺像走了好長的幾里路！一天上下學，來回兩趟，就已經覺得是上山下海一樣辛勞，一點也感受不到上學有可以回味的樂趣。

是不是鄉下的孩子都天生比較認份、認命？在什麼樣的環境、什麼樣的家庭出生長大，有什

麼樣的際遇，都承受得了？知道如果有雙布鞋可以穿著去上學，那該多好！這樣的一個小小的渴望，儘管是唯一的夢想，你日夜再怎麼夢想著，也還是只能在自己的心裡旮旯想著；看著媽媽整天勞累，我是從來也不敢提出要求、表達願望。

我的大堂哥讚動，在公學校（日據時期的小學）畢業後，到派出所去當工友，後來有機會升任基層警員，派到台北受訓。結訓時，他帶回一份禮物給我，竟然是我多年夢寐以求的一雙白球

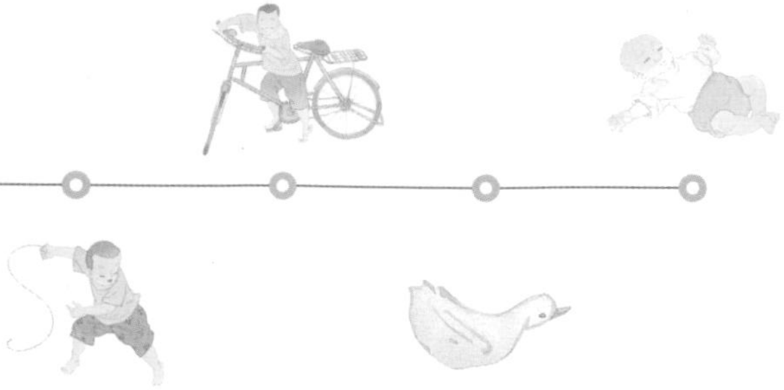

鞋；他怎會想到給我買？我的高興是不用說啦！而且鞋子的尺碼、大小，正合我的腳丫，穿起來恰恰好。可是，新的問題來了，媽媽的考慮是對的，有道理，也比較周到；那時候，我大概還只是三、四年級吧，腳丫子長得快，媽媽認為這雙鞋我應該得穿三年，到小學畢業吧！因為一年沒有幾次穿鞋子的機會，如果現在穿剛好，第二年就不能穿了，那怎麼辦？媽媽就是有辦法；她去問鄰居，哪家孩子要買鞋，請他買一雙大尺碼的

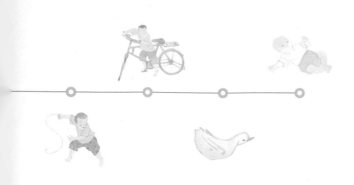

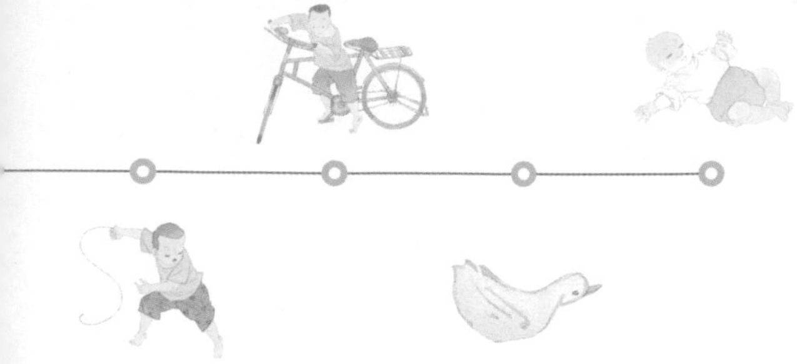

跟我換。就這樣，圓滿解決了這個難題！

真的，鄉下孩子一年穿不到幾次鞋，不可能天天穿著鞋子去上學。

那年，我就這麼幸運的擁有了平生的第一雙球鞋。我一輩子都在感念我大堂哥，就因為這雙白球鞋。但是，還是感到很抱歉，我沒記得它是什麼品牌的！當然，那個貧困的年代，是不講究品牌，也不追逐名牌；能夠溫飽就已是萬幸了。而我的這一生，我也已經習慣養成，不管品牌有

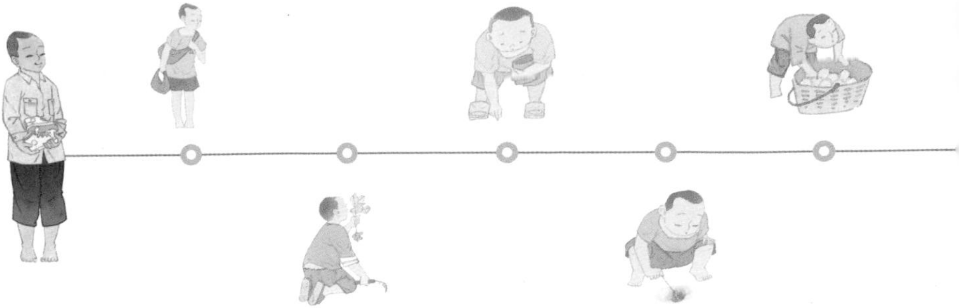

什麼意義，買任何衣物、鞋子，我是從來也不迷戀品牌的問題；我認定我自己就是品牌，任何衣物、鞋子，只要穿在我身上，那就是一種品牌，獨一無二的屬於我自己的品牌；我要追求的是，自己穿出有自己的風格、有自己的格調的「品牌」。

包括寫作和做人，這才是最重要的。

國家圖書館出版品預行編目資料

林煥彰話童年：來來來，來上學／林煥彰著；
林鴻堯圖 . -- 初版. -- 台北市： 幼獅, 2011.07
面；　公分. --（多寶槅.文藝抽屜；172）

ISBN 978-957-574-837-1 （平裝）

855　　　　100011063

・多寶槅172・文藝抽屜

林煥彰話童年：來來來，來上學

作　　者＝林煥彰
繪　　圖＝林鴻堯
出 版 者＝幼獅文化事業股份有限公司
發 行 人＝李鍾桂
總 經 理＝廖翰聲
總 編 輯＝劉淑華
主　　編＝林泊瑜
編　　輯＝黃淨閔
美術編輯＝李祥銘
總 公 司＝10045台北市重慶南路1段66-1號3樓
電　　話＝(02)2311-2832
傳　　真＝(02)2311-5368
郵政劃撥＝00033368

門市
・松江展示中心：10422台北市松江路219號
電話：(02)2502-5858轉734　傳真：(02)2503-6601
・苗栗育達店：36143苗栗縣造橋鄉談文村學府路168號（育達商業科技大學內）
電話：(037)652-191　傳真：(037)652-251

印　刷＝祥新印刷股份有限公司
定　價＝250元
港　幣＝83元
初　版＝2011.07
書　號＝986236

幼獅樂讀網
http://www.youth.com.tw
e-mail:customer@youth.com.tw

行政院新聞局核准登記證局版台業字第0143號

幼獅文化公司／讀者服務卡／

感謝您購買幼獅公司出版的好書！
為提升服務品質與出版更優質的圖書，敬請撥冗填寫後（免貼郵票）擲寄本公司，或傳真（傳真電話02-23115368），我們將參考您的意見、分享您的觀點，出版更多的好書。並不定期提供您相關書訊、活動、特惠專案等。謝謝！

基本資料

姓名：..先生／小姐

婚姻狀況：□已婚 □未婚　職業：□學生 □公教 □上班族 □家管 □其他

出生：民國..................年..................月..................日

電話：（公）..................（宅）..................（手機）..................

e-mail：..

聯絡地址：..

1.您所購買的書名：**林煥彰話童年：來來來，來上學**

2.您通常以何種方式購書?：□1.書店買書 □2.網路購書 □3.傳真訂購 □4.郵局劃撥
（可複選）□5.幼獅門市 □6.團體訂購 □7.其他

3.您是否曾買過幼獅其他出版品：□是，□1.圖書 □2.幼獅文藝 □3.幼獅少年
□否

4.您從何處得知本書訊息：□1.師長介紹 □2.朋友介紹 □3.幼獅少年雜誌
（可複選）□4.幼獅文藝雜誌 □5.報章雜誌書評介紹..................報
□6.DM傳單、海報 □7.書店 □8.廣播(　　　　)
□9.電子報、edm □10.其他..................

5.您喜歡本書的原因：□1.作者 □2.書名 □3.內容 □4.封面設計 □5.其他

6.您不喜歡本書的原因：□1.作者 □2.書名 □3.內容 □4.封面設計 □5.其他

7.您希望得知的出版訊息：□1.青少年讀物 □2.兒童讀物 □3.親子叢書
□4.教師充電系列 □5.其他

8.您覺得本書的價格：□1.偏高 □2.合理 □3.偏低

9.讀完本書後您覺得：□1.很有收穫 □2.有收穫 □3.收穫不多 □4.沒收穫

10.敬請推薦親友，共同加入我們的閱讀計畫，我們將適時寄送相關書訊，以豐富書香與心靈的空間：

(1)姓名..................e-mail..................電話..................

(2)姓名..................e-mail..................電話..................

(3)姓名..................e-mail..................電話..................

11.您對本書或本公司的建議：

廣　告　回　信
台北郵局登記證
台北廣字第942號

請直接投郵　免貼郵票

10045　台北市重慶南路一段66-1號3樓

幼獅文化事業股份有限公司 收

請沿虛線對折寄回

客服專線：02-23112832分機208　　傳真：02-23115368

e-mail：customer@youth.com.tw

幼獅樂讀網http：//www.youth.com.tw